行走的月光

静悄悄

温建龙 著

山东教育出版社·济南

图书在版编目（CIP）数据

行走的月光静悄悄 / 温建龙著. —济南：山东教
育出版社，2024.5（2025.6 重印）

ISBN 978-7-5701-2865-5

Ⅰ.①行… Ⅱ.①温… Ⅲ.①长篇小说-中国-当代
Ⅳ.①I247.5

中国国家版本馆CIP数据核字（2024）第010298号

XINGZOU DE YUEGUANG JINGQIAOQIAO

行走的月光静悄悄 温建龙 著

主管单位 山东出版传媒股份有限公司
出版发行 山东教育出版社
地 址 济南市市中区二环南路2066号4区1号
邮 编 250003
电 话 0531-82092660
网 址 http://www.sjs.com.cn
印 刷 济南鲁艺彩印有限公司
开 本 889 mm×1194 mm 1/32
印 张 7.25
字 数 100千
版 次 2024年5月第1版
印 次 2025年6月第3次印刷
定 价 38.00元

如有印装质量问题，请与印刷厂联系调换。电话：0531-88888282

献给我的女儿
我的少年时光

青春在眼童心热

王泉根

从朋友那里知道建龙在写一部中学生题材的作品。真正读到了，却和原先的想象完全不同。拿到书稿，一口气读完。没有想象中绚烂浓郁的青春纪事，干净得近乎白描的文字下，却深藏着少年时代的忧郁、刺痛与温暖。案前灯下，我和那个叫刘跃龙的男孩一起同行，似乎也路过了自己的少年时代。掩卷之际，我似乎感染于这样两个"关键词"。

第一个是：忧郁。

如果说"对生活、对我们周围一切的诗意的理解，是童年时代给我们的最伟大的馈赠"，那么少年时代的诗意，其实并未曾消褪，只是蒙上了一层忧郁的色彩。课堂上，宿舍中，山道上，村庄里，在作者简净、诗意的叙事中，忧郁的情绪一直在静静流淌，几乎无处不在。书中少年对友朋关系的笨拙与善良，以及对未来生活的努力与担忧，一切情绪仿佛都是浮光掠影，而又缠绕心头，忧郁情怀是驱之不去的青春底色。

第二个是：温暖。

虽然少年的故事并不都是美好，但作者的叙事口吻一直是温和的、平静的，甚至有几分刻意保持的疏离。经记忆过滤的往事，尤其显得温和，无论身处何境，好与不好，在月光笼罩之下的村庄里，都是一程温暖的回溯。作者诗一般的语言充满张力，让我一直思考书名"行走的月光"到底象征着什么。仅仅是少年时代那村口的一抹温柔月色吗？恐怕是不止的。在岁月的淘洗之下，在记忆中仍然能熠熠生辉的同学友爱、师长关怀、父子深情……这些真挚的情感，或也是抚平人生中所有伤痛与不安，陪伴人一生成长的温柔月光吧，正如那日村庄里照拂的一般。

这部作品一开始我把它读成了散文，但最后还是觉得更像小说。我没有问过作者。在我看来，这是一部弥漫着散文气息与笔法的少年成长小说，群像式的人物描写与糖葫芦串的结构设置，是这部小说费心费力之所在；而真情实意、真性情、真感悟则是贯穿于这部小说始终的艺术神经，换言之就是散文之魂，这也是我所欣赏的"有我"写作——在作品里面，站着一个倾注了自己全部情感性状思考的作者。如果能将散文之魂智慧地融于小说之体，这样的小说必然是能感动人、感染人的。这正是此书吸引我一口气读下去的原因。

三亚的风划过椰子树簌簌作响，月光正洒在海滩与椰梦长廊。在春天的静夜里读完这部书稿，若有所思。作者的少年纪事，文中的往日情怀，人生的稚嫩时代，各种不同的场景连缀成一片，都笼罩在了村中胡同里的那一抹月光下，也笼罩在了我窗口的那一丛椰子叶中，真不知今夕何夕了。这是童年记忆的艺术再现？童年经验的人生升华？童年视角的通感书写？似乎是，又似乎不是。那就留给读者诸君去品鉴吧。

2024 年 3 月于海南三亚

王泉根

一

刘跃龙

刘跃龙个子与陈朝旭相比要矮些，
算是中等个。
两条黝黑的浓眉下闪动着一双圆圆的大眼睛。
那对眼睛恰如其分地挂在那仍存几分稚气的圆脸上，
透着精明的神采，
细细看来整个人也算标致。

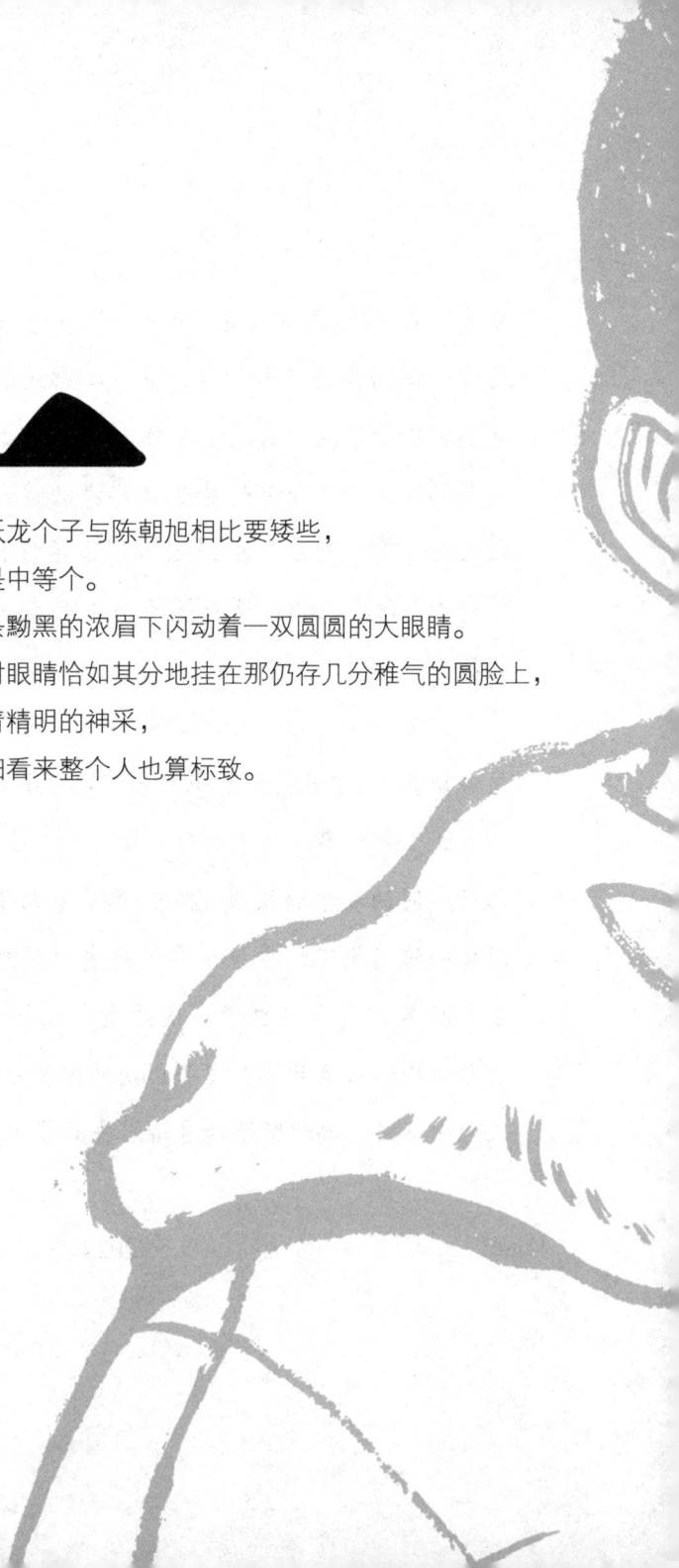

　　山乡。秋意渐浓，道路两旁的白杨树，早已不如前些日子那般怡然自得，叶子黄了，落了，一阵风袭来，枝头仅存的那几片，也伴着瑟瑟风声翻落下来，样子倒是悠然潇洒。

　　此时，刘跃龙、陈朝旭几个同学正像往常一样，结伴而行，骑车向学校赶去。骑了两里多的乡村土路后，他们便上了那条光亮的乡间柏油路，车子也就轻快地飞了起来。这时，东方的太阳越过了山脊，万缕金丝从他们身后扑射而来，像一把撑开的金光大伞推着孩子们的车轮，一路前行。

　　温暖的阳光护送着学生们进了校园，和他们一起读着书中的铿锵。吱呀一声，初一年级四班教室的门开了，随即走进一位年轻女子。

教室里，清脆的晨读声瞬间变得稀稀拉拉，接着便鸦雀无声了，邻近的同学纷纷扭转头来，相互打量，四目而视的结果净是满脸狐疑和不住的摇头，大家都在疑惑此人到底是谁。

"同学们，请先安静一下。"那个年轻女子严肃地说道。

话音未落，她便觉察到她那句话是多么不合时宜。说来也怪，刚刚那句话的余音好似故意要和年轻女子作对似的，依然在静静的教室里萦绕着。同学们目瞪口呆地望着眼前这位年轻女子。

为了尽快打破眼前这尴尬的场面，年轻女子下意识地耸了耸肩，故作镇静地挥了一下手，以示刚刚的一切都过去了，一切都翻了篇儿。

"大家好，先自我介绍一下，我叫秦薇，毕业于市师范大学中文系，接下来我将担任咱们四班的班主任……"

坐在座位上的同学们不住地打量着眼前这位所谓的班主任，听她热忱地自我介绍着。此时，秦薇老师似乎渐渐进入角色，没有了之前的紧张无措，教室里慢慢变得有序起来。

然而，同学们望着眼前这位名叫秦薇的女子，怎么也不敢相信她会是位老师，更难以置信的是她竟然还成了他们的班主任。同学们更情愿相信，讲台上这位侃侃而谈的，是班里哪位同学从城里来的小表姐，正在津津有味地给大家讲着城里的逸闻趣事呢。

刘跃龙上下打量着这位"小表姐"：她穿着一双干净的白色帆布鞋，与她那小小的个头显得很协调。白皙的皮肤，小小的眼睛，红红的嘴唇，暖暖的笑容充满热情和活力，一束不长的马尾辫甩在脑后，整个人看起来小巧精致。

大家盼星星盼月亮，盼了这么久班主任，竟然盼来的是眼前这位名叫秦薇的老师。这与之前传说的成熟稳重的段秀云老师相比，不免让大家感到巨大的反差和无助的失望。尤其是秦薇老师的个子，比班里的陈朝旭同学还要低很多，大家怎敢相信她能带好一个班级。同学们的眼神里流露出的似乎多是失望与无奈，他们难以理解，他们的班主任，怎么从之前那个县级优秀教师，就变成了眼前这个"小表姐"了呢？这是学校派来的班主任呢，还是学校在故意和他们开玩笑呢？

"咳，咳……"一连几下干咳声，打断了秦薇老师的话。同学们知道，这干咳声明显是故意的，带有某种不满的情绪，这显然是一种抗议，甚至是捣乱。循声而去，端坐在座位上的张志国同学，正若无其事地晃动着上身，试图掩饰因咳嗽带来的身体颤动。

其实，此时的刘跃龙倒有着不同的感受，他隐隐地感觉到对他们班来说，这位新老师不一定会比段老师差，他甚至对她还有了那么一点儿好感。刘跃龙在家排行老大，是哥哥，他一直渴望能有一个姐姐，现在他感到这样的机会似乎来了。

第二节课后，一直默不作声的张志国终于忍不住爆发了。"走，走，找教务主任讨说法去，他竟然偷偷给我们换了位这样的班主任！"他一边嚷嚷着，一边准备往外走。"是呀，是呀，怎么能这样！"一旁的同学也随声应和着，却没有一人跟随。

"陈朝旭，你，走呀，一起去；刘跃龙，刘跃龙，走，走，快点儿。"张志国急赤白脸地叫喊着。

刘跃龙似乎什么也没听见似的，假装忙着手里的事。他心想去也白去，学校怎么会听他们"摆布"，更何况是那个雷厉风行的教务主任决定的事。其实更重要的是，他并不愿意掺和这件事，现在他从心里觉得秦薇老师挺好的。

"刘跃龙！你小子别给我装！"看来张志国这家伙是认真的。

为了不让大家看出自己的心思，在众人七嘴八舌地撺掇下，刘跃龙只好无奈地跟着张志国、陈朝旭两人一起去了教务主任办公室。

连半个课间的工夫都没有，三个家伙就被打发了回来。三个初出茅庐的毛头小子，怎么斗得过处变不惊、经验丰富的教务主任呢，况且他们当中还有一位小"奸细"。

二

陈朝旭

陈朝旭是初一年级四班个子最高的，
足足高出一般男生一头来。
他看上去也是班里男生中最讲究的，
即使像今天这样有大扫除任务，
他也穿着他那件明黄黄的竖条纹衬衣，
衣襟始终整洁地掖在裤子里，
精心打理过的"黎明"头始终蓬勃有光泽，
在四班甚至全年级都鹤立鸡群。

　　四班同学之所以对他们班主任秦薇老师的出现有如此强烈的反应，还要从一个多月前说起。

　　九月初，北海的湖面上，夕阳依依不舍地撕扯着归坞的三两只游船；天坛公园的苍松翠柏间，偶尔的蝉鸣已掀不起焦躁的风浪；颐和园的彩荷也败下了阵，只留得片片青绿；潭柘寺的钟压低了嗓音，生怕吵着缓缓爬升的那弯明月——热烈的夏似乎走了，祥和的秋来了。此时，雨水渐渐少了，山里的烈日却越发明艳，满目绿色的大地早已趁着雨季吸足了水分。骄阳下，这片土地默默地滋养着它所承载的一切。

　　在京郊一个乡镇中学的大操场上，一群十几岁的孩子正三五成群，散落其间。他们有的蹲着，有的猫着腰，一边劳动一边有说有笑地交谈着，他们正在进行校园大扫除。

这是 20 世纪 90 年代初，中国北方一个普通乡镇中学开学之初的校园景象。大扫除大概也是那时很多学校开学的标志，是当时标准的开学第一课，且是重要的一课。学生们当然受益颇多，他们会从中收获到最初的友谊，寻找到新的伙伴。老师们尤其是班主任则会擦亮眼睛，试图从中发现班级中的管理人才，以备后用。

孩子们把这样的一堂劳动课上得热火朝天，像他们在农田里劳动的父母一样投入。他们或许不会懂得北海上那双桨徐徐摇动的优雅，更不会猜到颐和园里那残荷的伫立是在等待那点点秋雨，更难以听出断断续续的蝉鸣中所表达的哀思，只因身处这偏远的山乡。

这所初级中学名叫黄土坎中学，坐落在北京市郊的一个乡镇中心。这里重峦叠嶂，道路崎岖，只有一条磨得发亮的柏油路与外界相通。这里的人们过着平静而简单的生活，他们大多以务农为生，每家收获的粮食也就勉强够填饱自家人肚子。除了种植庄稼，他们还会在自家的院子里养上一两头大肥猪以增加家庭收入。而年底最热闹的莫过于镇里的集市了，尤其是牲畜的交换和买卖区域，这里人头攒动，熙熙攘攘，各种吆喝声、讨价还价声此起彼伏，好不热闹。除此之外，最有生气的就是崩爆米花的，那一脚蹬下去，巨大的爆破声吸引着所有的孩子，随着那一声爆响也就开启了过年的节奏。此时，改革开放的春风徐徐吹来，整个山镇只是微笑着和善地点点头，似乎并没有给它们带来太大的变化，一个个小山村依然各自经营着它们固有的自然与从容。

操场上，孩子们三五成群地聚在一起，每一群伙间却又像是大集上初来摆摊互不相识的生意人，少有交流，这或许是由于他们分别来自不同的村子。对这些山村的孩子来说，与陌生人主动打招呼还不习惯，突然让他们打破这种固有的腼腆，还不是件容易的事。不过，对于个别胆大的男孩子来说，多会抓住这个难得的表现机会，他常会通过各种方式去挑战另外的群伙，以打破陌生与沉默，以此来证明自己的勇敢。初级的挑战往往是眼神，是那种带有挑衅意味的打量，这也是山镇里这个年纪男孩子的一种交流方式。然而，

11

女孩子的天性随和成就了她们更快更广的社交，这从操场上女同学聚集的规模便可见一斑。

操场的东南角，正是初一年级四班的清扫区域。校教务主任一大早就将四班带到了任务区，在做了简单布置后，将大扫除的领导工作委派给班里个子最高的男生陈朝旭，就离开了。

现在，和其他班级一样，操场东南角初一年级四班的劳动秩序井然，这完全得益于陈朝旭超强的领导才能和刘跃龙的义气与张志国的骨气。

陈朝旭是初一年级四班个子最高的，足足高出一般男生一头来。他看上去也是班里男生中最讲究的，即使像今天这样有大扫除任务，他也穿着他那件明黄黄的竖条纹衬衣，衣襟始终整洁地掖在裤子里，精心打理过的"黎明"头始终蓬勃有光泽，在四班甚至全年级都鹤立鸡群。以至于班里女生劳动任务的布置毫不费力。

刘跃龙个子与陈朝旭相比要矮些，算是中等个。两条黝黑的浓眉下闪动着一双圆圆的大眼睛。那对眼睛恰如其分地挂在那仍存几分稚气的圆脸上，透着精明的神采，细细看来整个人也算标致。刘跃龙和陈朝旭是同村的小学同学，在村里虽说不上志同道合，但现在一起来到乡里念中学了，他们的关系就显得亲近了许多。也正是这个原因，从这个村来的学生们的劳动表现就不在话下了。

张志国则是敢于用挑衅的眼神去打量陌生人的那种勇敢者。远远望去，他两颗黑黑的眼球格外小，但在五官中却又非常显眼，尤其是在打量人时，它们的转动速度飞快。眼睛虽小，却透着不服输的刚强。张志国能够带领他们村那群同学对劳动分工毫无怨言地服从，以及对劳动的全力投入，最是出乎大家意料。

"嗨，嗨，你知道吗，咱们的班主任是段秀云老师，就是学校里最有名的那个女老师，她带的班都很厉害的。"

"就这？早不是什么新闻了，这不是早就知道的事嘛。"

"听我哥说，她还是县级优秀教师呢！"

"你说，她是真的生病了吗，怎么到现在还不来？"

操场上，四班劳动着的几群同学，不知不觉中凑到了一起，他们找到了共同话题，一个大家都很关心的话题——他们的班主任段老师怎么一直未出现？

对于初一年级四班这群孩子来说，班主任的迟迟不出现，让他们感到隐隐的伤心和失落，他们不想成为学校里的"孤儿"班。现在，他们正在一起寻找着他们的存在，并维护着这个班集体的存在感。这种相互抱团的集体意识，使四班的同学们下意识地紧紧团结在了一起。

自开学以来，一个没有班主任管理的班级，并没有出现想象中的混乱，而是渐渐形成了它的自治体系，执行着教务主任带来的一道道命令。陈朝旭、刘跃龙、张志国几位同学始终团结一致、相互扶持，他们的内心似乎早已达成了共识——四班要以一个优秀班集体的面貌去迎接他们班主任的到来。

可是，现在秦薇老师来了，段秀云老师真的就不会来了。这真真切切地证实了孩子们的种种猜测和之前的各种小道消息。四班的同学们被狠狠地打了一巴掌，他们所有的努力并未打动学校和段老师，他们所有的付出都成了泡影。他们确信，自己是被嫌弃了，是被段老师嫌弃了，是段老师不愿意带他们这个班，不愿意做这个班的班主任，所以她临时请了长期病假，所以秦薇老师来了。在这个乡镇中学有个传统，就是一个年级的一班才是最好的，而排在最后的四班无疑是成绩最差的，也是最难带的班级。孩子们彻底明白了，人家段老师是优秀教师，带惯了一班，怎么看得上他们这个排名最后的班级呢？

三

张志国

张志国则是敢于用挑衅的眼神去打量陌生人的那种勇敢者。
远远望去，
他两颗黑黑的眼球格外小，
但在五官中却又非常显眼，
尤其是在打量人时，
它们的转动速度飞快。
眼睛虽小，
却透着不服输的刚强。

　　初一年级四班，像泄了气的皮球，情绪低落到极点。

　　他们感觉自己受到了巨大的伤害，觉得委屈。其实真正委屈的应该是人家秦薇老师。在这个偏僻的乡镇中学，哪有几个真正的名牌大学毕业生肯到这里，而且初来乍到，对一切还在陌生之中，就受到了如此嫌弃。孩子们根本不关心，也不会知道这里的教师大多是大专学历，经验丰富一点儿的老教师有的还只是高中毕业呢。在孩子们眼里老师的学识都是一样的，也应该是一样的。他们哪里知道，这里的现实就是如此，这就是他们的黄土坎中学。

　　中学坐落在乡政府所在地的黄土坎村，这个村是乡里最大的，约有千八百户人家。村子北面有一个集体办的大型制砖厂，就建在大黄土坎子边上。这个面积 90% 以上都是山地的村子，能有这么大一块儿黄土坎实属难得，正是这块儿珍贵的黄土坎，引来了聪明勤劳的人们在这儿建村落镇，慢慢成了整个镇子的中心，所以黄土坎村的学生像他们村的黄土坎一样具有得天独厚的优越感。

乡政府门前有条小河蜿蜒而过，串联着乡里的几个村子。河边伴水而行的是一条乡间公路，就是那条被磨得发亮的柏油路，它一头扎进两排高大整齐的加拿大杨中间，时隐时现。每到盛夏，道路两旁茂盛的枝叶便会聚到一起，远远看去，这条唯一的乡间柏油路便也就消失了，整个乡镇也藏了起来。

小河下游五里远的地方是刘跃龙和陈朝旭他们村，河的上游五里远的是多泉村，这个村的山泉最多，因而得名。另外一个不临水的村落叫山寺村，没有河水流经，更没有公路通过。这个缺少了流水的柔情和公路的通达的村落，看起来一切都是硬邦邦、直冲冲的，这也造就了村里人的性格特点，张志国就是这个村的。

开学有一段时间了，初一年级的学生开始熟悉起来，以村为单位的伙伴群开始相互交融，篮球场上的这种交融最为明显，村别已不再是分组对抗的唯一标准。特别是张志国，他的伙伴尤其多，不光有同年级的，更有高年级的，甚至校外一些更大的孩子也有与他相熟的。自秦薇老师来后，张志国如释重负，他把之前的所有权力都交还了回去，对班级事务不再那么上心了。就算有人请他帮忙，他也只是不屑地一笑，并声称那都是些琐事，不值得他亲自出马。张志国像突然变了个人似的，变得与四班格格不入，渐渐地谁也弄不清是张志国在故意疏远四班，还是四班抛弃了张志国，他于四班变得越来越陌生。现在，他的精力更多地放在了篮球场和他那帮朋友身上了。

这天下午体育课后，四班的男同学像小野马般向学校西南角的厕所奔去，小便池前摩肩接踵，挤满了人。

突然，张志国惊奇地叫道："唉，你的腰带不错呀，是武装带吧，哪儿来的？"大家纷纷扭过头来，抬首望向一旁的陈朝旭。

21

"嗯，是武装带！我姐给我新买的。"

当时，男孩子对解放军都有着无上的崇敬。武装腰带、绿军挎包在当时最流行，虽然这些在县城里早已经流行起来，但在黄土坎中学这些还都是新鲜玩意儿。

"给我看看！"张志国毫不客气地对陈朝旭说道，他的口气像是在下命令一样，毫无同窗之情，然后便快速系起他腰间那条略显纤细的绳带。

陈朝旭低头望着一脸严肃的张志国，一头雾水。他迟疑了片刻，便面带微笑地拎起裤腰，连带那条气派的武装带，往前稍稍递了一下："你看！"

很多同学都围了上来，纷纷投出羡慕的目光，大家七嘴八舌地品评着这条崭新的武装带，全然忘记了它主人的存在。

"行了，都靠边去！"张志国驱赶着人群，那双小黑豆一动不动地盯着陈朝旭的腰间，脸上有了些许笑容，他继续说道："不赖，真不赖！借我系几天！"

大家不约而同地轻轻将目光移向张志国，此时他的脸上露出了同学们从没见过的一副泼皮无赖相。同学们有些疑惑，这还是他们之前认识的张志国吗？

瞬间，厕所里的气氛紧张了起来，一下子静了许多。同学们都知道张志国刚刚那句话的真正含义，他这哪里是借，分明就是想占为己有。

陈朝旭快速收回刚刚递出的腰带，迅速将其紧紧地系起。

"那不行，这是我姐刚给我买的，我还没系几天呢。"陈朝旭斩钉截铁地拒绝了张志国的无理要求。张志国看了看四周，刚刚的笑脸一下子消失了，脸色变得煞白，那双快要蹦出来的小黑豆直勾勾地盯着陈朝旭的双眼。

"你给不给？"张志国怒目而视，叫嚣着。

看出气氛不对劲儿的几个学生，不动声色地相互拉扯着，悄悄地转身离开了。

"怎么了，怎么了！谁呀，谁呀！"逆着人流钻过来两个气势汹汹的家伙，一个是二聊，个子高些挤在前面；另一个歪着脖子，等他露出头来才知道是大脑袋小身子的二侯。这两人都是张志国同村同班的伙伴，平时就爱凑个热闹，现在看来这两家伙要坏事，他们的出现就是火上浇油，冲突一触即发。

陈朝旭并未作声，他双手紧紧握着腰间的武装带，双目注视着张志国的一举一动。

"你不服，是吧?"张志国在看到他们村的几个同伴冲过来后，气焰更加嚣张，并摆出了武力进攻的架势。

陈朝旭板着脸，依旧默不作声，立于原地一动不动。他不是一个喜欢招惹是非的人，但也并非懦弱之辈，他有他的底线和原则。双方都严肃地目视着对方，厕所里的空气似乎凝住了，静极了。

"好了,好了,别闹了！快走吧,马上就要上课了。"立于一侧的刘跃龙打破了凝重的气氛，他一边拉起陈朝旭往外走，一边挤眉弄眼地狠狠地瞪了二聊一眼，此时的二聊也就不再咋呼了。

二聊这家伙聪明得很，他心领神会，一个箭步跃到张志国身旁，一只胳膊顺势搭在张志国的脖子上，算是将其"控制"住了。厕所里，这场随时可能发生的冲突就这样被刘跃龙和二聊俩人成功化解了。

二聊之所以能够快速领会刘跃龙的眼神并出手相

助，一方面是因为他们两个一直坐邻桌，日常交往较多，另外更重要的是在完成各种作业时，二聊总是对刘跃龙有所倚仗，所以两人日常关系算是比较和谐融洽的。

大家都回到了教室，接下来是数学课。老师在讲台上认真地带着大家进行代数演算。坐在前排靠窗的张志国怎么也静不下心来，身子总是晃来晃去的，一副热锅上蚂蚁的样子，焦躁不安。每当数学老师转身板书时，他就会借机扭转身来，朝右后排陈朝旭的方向打望，目光里充满着挑衅。看到张志国挑衅的眼神，每个男生心里都明白，刚刚厕所里发生的事没那么简单过去，张志国这家伙一定会找机会争回面子，似乎最近的许多事让他的威信大打折扣。

坐在教室后排的陈朝旭，经过刚刚一番折腾，再加上张志国现在不断地挑衅，他也没了听课的心思。他低下头尽量避免着与张志国眼神的任何碰撞，心里盘算着接下来该如何应付张志国这个无事生非的家伙。

"张志国，你看什么呢？后面有花呀！今天讲的你都会了?"数学老师厉声呵斥道。

"呵，呵呵，什么也没看。就是脖子不舒服，活动一下。"张志国立刻嬉笑起来。

最近的课堂上，张志国被点名已成为家常便饭，各科老师都有反映。大家都感到，最近他对学习的兴趣远没有对恶作剧的兴致高。近期他常和他们村高年级的几个大孩子混在一起，在初中一年级中更是小有名气，他俨然已经被归于"不务正业"的行列。同学们谁也不愿去招惹这种"不务正业"的人，大家都知道这伙人不好惹。现在，张志国似乎很是享受这种行为给他带来的那种威风凛凛的感觉，甚至平时的不经意间，也表现出对此的沾沾自喜和得意忘形。

眼前的一切，让刘跃龙不免再次担心起来。他知道刚刚的事还没有过去，他心里焦急地想着："这可怎么办呀?"突然，下课铃声又急匆匆地响了起来。还未等数学老师走远，张志国就气哄哄地径直冲到陈朝旭面前，咬牙切齿地低声放话道："你给我等着!"

陈朝旭坐在座位上，不卑不亢，双眼看着张志国怒气冲冲地离去后，又低下了头。

　　陈朝旭一米七的身高，在整个年级都是最高的，身体也算结实。他的性格温和，做事沉稳，体育成绩突出，经常帮助同学完成各项体育活动，在班里有一定的威望。

　　此时的教室外，张志国正和他同村的几个家伙聚在一起，手脚并用来回比画着，嘀咕着。这一幕，正好被路过的刘跃龙看到。他想，这几个人凑在一起，准没好事，他们嘀嘀咕咕一定是冲着陈朝旭去的，看来这是要出事，弄不好还会出大事。这种事在当时的乡村中学司空见惯，如果不能被及时制止，甚至会牵扯一些社会无业青年介入，那样学生们就根本无法控制局面了。

　　"这可怎么办？眼看事态在恶化，如果不能马上制止，接下来的冲突就谁也无法左右了。可是，依照目前的形势，如果强行介入，张志国定会与自己为敌，甚至自己也会卷入其中。如果坐视不管，确实少了很多麻烦，可是毕竟和陈朝旭是一个村子出来的，怎么能袖手旁观呢？"刘跃龙心里很矛盾，"可是，眼前又有什么好办法呢？将自己村的伙伴也聚起来，双方进行对峙，这样大概率会产生更大的冲突。"

对于一个十几岁的孩子来说，这也许是刘跃龙目前遇到的最棘手的问题，他处在两难中，真不知该如何是好。去找老师帮忙或许是最好的办法了，可是他又担心起来，当下的问题就算解决了，也许还会积下新的矛盾，而且还会在男同学的圈子里被贴上诸如"叛徒""懦夫"的标签。"那该怎么办呢，怎么办呢?"这个烦恼始终萦绕在他脑中。

眉头紧锁的刘跃龙，整个课间忧心忡忡，他没有像往常一样到操场上活动，而是独自在教室外的角落里心神不定地徘徊着、思索着，这一幕正好被秦薇老师撞到。

前段时间，秦薇老师的到来在四班引起了不小震动，尤其在那个临时"班委"中，并不是所有人都从内心接受这个现实，对此秦薇老师似乎有所察觉。但同时她能感受到，刘跃龙同学对她是接受的，也是信任的。她早已从他们最初的眼神交流中，得到了答案，这对于一个刚刚入职的老师来说是值得欣喜的。

与秦薇老师分开后，刘跃龙的眼神变得明亮起来，他似乎不再那么紧张，之前的焦虑好像也少了许多，他挺直背脊，迈着轻快的步伐回到了教室。

丁零零……丁零零……放学的铃声还在响着，张志国几个人拎起早已收拾好的书包急匆匆地向教室外窜去。这时，坐在教室后排的陈朝旭还在慢条斯理地收拾着书包，一副若有所思的样子。

"走吧，快点儿收拾。咱们一起走！"刘跃龙走向前去招呼着他的同村同学陈朝旭。

陈朝旭抬起头来，望着眼前的同学，他的同村伙伴，眼里充满感激。这时，他们同村的另一个要好的伙伴梁德志也走了过来。梁德志个头中等，瘦瘦的身材却显得很结实，他身手敏捷，最擅长摔跤。那一头黝黑的短发，总是趴在他那圆圆的脑壳上，使他那小圆脸显得格外圆乎。

梁德志和刘跃龙一直比较要好，两家住得也近，他们常一起上下学。现在，在学校里梁德志和他的邻桌二侯走得越来越近，俩人关系密切，也很谈得来。要不是有什么别的事，这会儿梁德志和他的邻桌二侯肯定还腻在一起不肯回家呢。

看到梁德志走来，陈朝旭这才缓过神来，他极力控制着自己的情绪，勉强向两人笑了笑，说道："噢，好的，马上。"

三人收拾好一切，各自推着车子，并排向校门外默默走去。

"站住，站住，你给我站住！"刘跃龙和陈朝旭两人并不感到意外，他们早就料到会有这么一出。话音未落，只见张志国带着几个家伙从校门外不远处的小树林里蹿了出来，挡在了路当中。

"陈朝旭，你小子够牛的，我看你是真不服呀！"张志国对陈朝旭叫嚣着，一只手已经握住了陈朝旭自行车的车把中央，狠劲一拽，自行车便倒向了一旁，现在两人中间没有了任何阻挡。

"你想怎么着？"陈朝旭气愤地叫喊着，双手已经紧紧地攥起了拳头。

这时，张志国似乎有点儿心虚，他快速向四周打量了一圈，说道："你有本事，跟我来。"他一边叫嚣着，一边用他那双小黑豆眼向旁边的小树林望去。

"喊，去就去，走！"陈朝旭一下子来了脾气，似乎心里也有了些底气。他心中的怒气被压制了整整一下午，看样子他是真的无法继续容忍下去了。既然冲突无法避免，那么在气势上首先不能败下阵来，他知道这种事一味忍让是没有用的，索性就跟着张志国向小树林走去。

"志国，志国，你这是干啥，别这样呀！咱们都是一个班的。""是呀，一个班的。"刘跃龙和梁德志在一旁劝说着，也急忙顺势将各自的自行车扔倒在一旁，快速跟上陈朝旭。

"没你俩啥事，一边儿去！"张志国向两人怒瞪着叫道。没等俩人说话，陈朝旭和张志国就前后走进了小树林，一群人也都快速跟进了林子。

突然，走在前面的张志国快速翻转身来，举起拳头，纵身一跃，向陈朝旭扑来。陈朝旭早有准备，他一个侧身晃过迎面而来的拳头，并迅速来了个 180 度大转身，稳稳地将双脚扎在了泥土地上。张志国扑了个空，打着趔趄，踉踉跄跄地冲了出去，整个后背完完全全亮在了陈朝旭的面前，陈朝旭只要愿意，只用顺势一脚下去，张志国一定会来个狠狠的"狗吃屎"，与大地来一个亲密接触。可是陈朝旭什么也没做，稳稳地站在原地，准备迎接张志国下一回合的进攻。

紧随其后的刘跃龙、梁德志二人，眼看着两人已交起了手，加快脚步迅速冲向前，想要拉开双方。可是，他们却被前面的张开双臂的二侯、二聊两人挡住了去路……

"哎，哎，张志国，你们玩什么呢？玩什么呢？"一个尖锐的年轻女子的声音向小树林这边传来，一声接一声，相互叠加着快速向小树林逼近。

"啊，是老师，是班主任老师，志国、志国快停，快点停下来。"二聊小声叫着。

"张志国，陈朝旭，你们在玩什么呢？怎么还摔起来了！"秦薇老师的喊声未落，她的那双小脚已经到了几个同学跟前，两片薄薄的嘴唇不停地上下颤抖着，气喘吁吁的她已经说不出话来了，那双小眼睛直勾勾地盯着张志国。

"老……老师，我们玩……我们在玩比赛摔跤，对，摔跤。"张志国一只胳膊此时正搂在陈朝旭的脖子上，结结巴巴地回答着。见张志国满脸的尴尬，说话也吞吞吐吐，秦薇老师把目光又转向了陈朝旭，似乎是在向他求证。陈朝旭迟疑了一下，没有说话，只是点了点头。

"秦老师，我们真的是在玩摔跤比赛呢，还是分级别的呢！您看，您看。"一旁的二侯将梁德志的腰抱得更紧了一些，还故意抖了抖，摆出一副专业摔跤的架势。

梁德志也是配合，他两腿快速蹲下，双手抓住二侯的上衣两侧，迅速上前一脚别在二侯身体一侧，用力一拉，二侯就四脚朝天地飞到了一旁的草地上。

秦薇老师双手捂住她那樱桃小嘴，咯咯地笑了起来，两只眼睛眯成了细细的一条线，一眼望去，满脸就只剩下了高耸的鼻梁。在场的其他人也忍不住哈哈大笑起来。只有二侯在一旁哭丧着脸大叫着："哎哟，哎哟，梁德志你小子玩真的呀，真下手呀，秦老师您得给我做主呀。"

"没问题，我给你做主。可是你这个级别的选手和谁对阵才好呢，陈朝旭可以吗？"她随即转头望向陈朝旭和张志国二人，那束黝黑的马尾辫留给了草地上的二侯。

这时，刚刚半个身子还挂在陈朝旭脖子上的张志国不知什么时候偷偷地跳下了地，脸上堆起了僵硬的笑容，嬉皮笑脸地向秦老师问道："老师，您是怎么找到这儿来的，您怎么知道我们在这儿——在这儿玩呢！"

"噢，这个呀！我刚刚在学校里没事闲逛，正好碰到政务主任乔老师，他告诉我你们几个正在学校外的小树林玩呢。我想反正我也没什么事，就来和你们凑个热闹。"秦薇老师故意睁大了她那双小眼，一本正经地继续说，"来，我们一起继续吧，我和你们谁一拨合适？呃，要不我把政务主任乔老师也叫来吧，请他给咱们做裁判，摔跤的规则我可不懂。"

"别，别，别——老师，我们累了，我们该回家了，该回家吃饭了，今天不玩儿了，改天再约您一起玩儿。"二聊向张志国使了个眼色，还没等他做出任何反应，便拉起他的手撒腿就跑，嘴里还在不停地喊着，"老师再见，再见……"

张志国这时醒过神来，边跑边歪着脑袋向陈朝旭同学微笑着使着眼色，表情里似乎多了几分少有的友善。他这是在向陈朝旭表示感谢，感谢他没有当着班主任的面戳穿自己。其实，他并不是怕秦薇老师的批评，他怕的是调皮捣蛋的克星、秩序的维护者——政务主任乔老师，经他之手不知处理了多少往届学生。

还依然站在原地的刘跃龙走了神，他的大脑在快速地做着复盘，回想着之前的一切。他突然想起来，在陈朝旭他们三人并排走出学校时，他看到了政务主任在不远处时不时地向他们这边打量着，只是当时他并未多想，看来今天不止他一人搬了救兵。

四

二聊

二聊之所以能够快速领会刘跃龙的眼神
并出手相助，
一方面是因为他们两个一直坐邻桌，
日常交往较多，
另外更重要的是在完成各种作业时，
二聊总是对刘跃龙有所倚仗，
所以两人日常关系算是比较和谐融洽的。

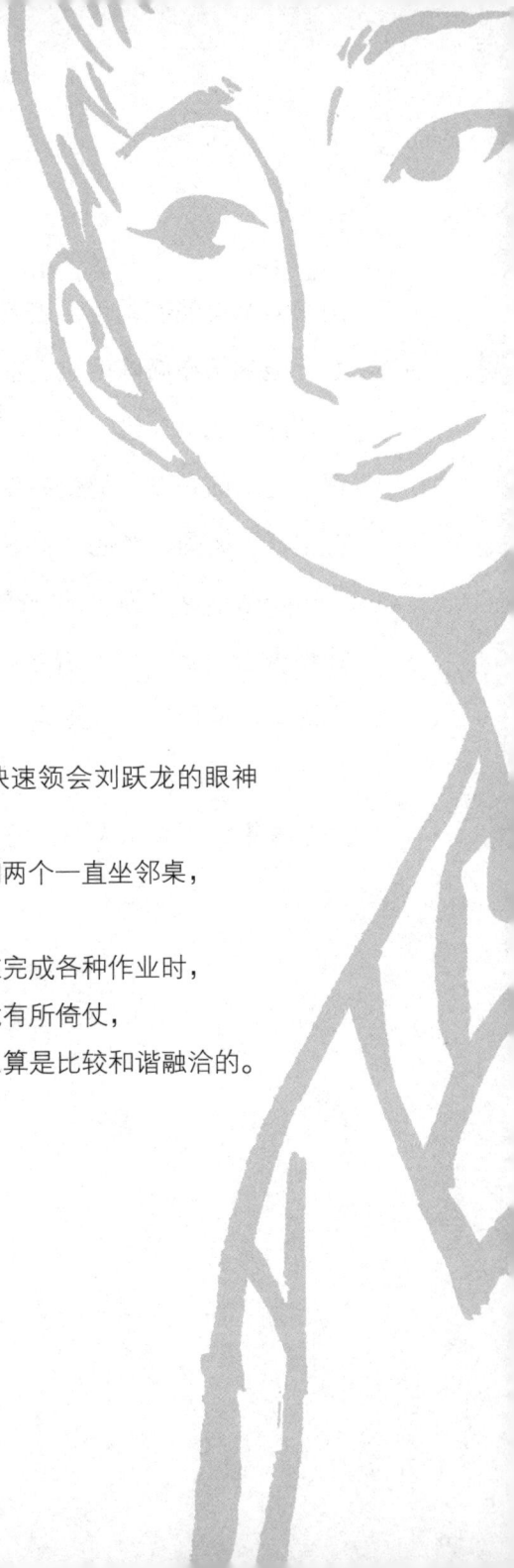

初中一年级一下子增加到了八门课程，同学们在新奇的同时，也感到了扑面而来的陌生和无形的压力。只有语文和数学这两门课，在名字上能多少让他们有那么点儿亲近感。可是，自秦薇老师来后，语文课也变得和以前大不一样了，不仅和他们小学时不同，还跟前些日子代课的二班的语文老师教的也不一样。

秦薇老师很少在课上讲生字、生词，对课文段落划分的讲解也不那么重视，更不要求全班同学齐声朗读。她把大量时间分给同学们，她最看重的是每位学生的表达能力，她要求她的每个学生都要会讲故事。这似乎完全是为了配合她谈天式讲课的需要，同学们都说他们的语文课就是侃大山，老师侃，学生侃，师生一起侃。渐渐地，学生们倒是喜欢上了这样的上课方式。

今天的第一节是秦薇老师的语文课，同学们个个精神饱满，早早就做好了准备。张志国和二聊几个同学表现得尤其好，课本整整齐齐地摆在了桌面的一角，他们腰杆笔直，端端正正地坐在座位上，像是他们身上每块肌肉的小学记忆都被唤醒了，只有二侯紧绷着的脸上似乎还依旧挂着昨日草地上的回忆。

"同学们早，我们现在开始上课。今天我们学习的这篇课文，讲的是发生在三国时期的一个故事，文章取自《三国志》……"秦薇老师将讲义平放于讲台，双臂搭于胸前，眯起了那双实在不太明显的小眼睛，开始了她今天的这节语文课，她从《三国志》的严谨朴实讲到《三国演义》的风云变幻，从桃园三结义的兄弟情谊谈到煮酒论英雄的豪迈与孤独，从赤壁之战的天文地理说到建安文学的文史地位，从吕布戏貂蝉再到小乔初嫁了……

同学们跟着秦薇老师的思绪，畅游在三国的风云变幻之中，大家似乎都入了迷。他们或许在老师的故事里都找到了自己的影子，找到了那个前世今生的自己，他们跨越时空，相遇于此，互诉着衷肠。

丁零零，丁零零，下课时间到了。

"好了，今天就到这里吧。课后，每个人都想一想你最喜欢三国时期的哪个人物，下节课我们一起交流分享。"秦薇老师踮起脚尖，尽量提高嗓音试图压住下课的铃声，抓紧布置着作业，"噢，对了，还有一件事，体育组的老师说学校马上就要进行男生篮球比赛了，那个，那个陈朝旭同学，你中午代表咱们班去学校体育组老师办公室开个会。"

是的，校男生篮球比赛确实马上就要开始了，这是学校的传统赛事，消息在一周前就传开了。多数班级早已组建好队伍，并已经开始积极备战，尤其是高年级，他们都直接进入到战术训练阶段了。

然而在接下来的几天里，初一年级四班并没有急于着手组建自己的参赛队伍。秦薇老师最近倒是对篮球运动表现出了极大兴趣。无论是体育课还是课后，她都泡在篮球场上，和他们班的男同学一起打篮球。篮球场上，穿梭于男同学间的秦薇老师，简直没有半点儿老师的样子，让同学们又想起了她初来乍到时小表姐的形象。同学们确实也没将她视作老师，大家都沉浸在篮球运动的快乐之中。

这天，篮球活动间隙，秦薇老师将班里爱好打篮球的男同学聚在一起，郑重地说道："今天，我们初一年级四班篮球队正式成立了，我宣布一下队员名单，首发一号位张志国组织后卫、二号位梁德志得分后卫、三号位肖晓兵小前锋、四号位二聊大前锋……"刚一说到二聊的名字，大家都哈哈大笑起来，这时秦薇老师也意识到，她和大家一样都已经习惯喊同学的小名了。她向大家摆了摆手，继续说道："别笑，不许笑！我没喊错吧，我们继续，五号位陈朝旭中锋……后面这七位同学作为轮换队员，我们全队一共十二人。"

秦薇老师宣读完篮球队员名单后，大家高兴地欢呼起来，同学们盼望已久的篮球队终于成立了。此时，欢呼跳跃的人群中，只有刘跃龙一人呆呆地立在原地，手足无措，脸色煞白。他的头脑空空的，他感觉到自己与篮球场是那么格格不入。他急切地想找到个理由赶紧离开，他觉得这里根本不属于他，篮球已经和他没有了任何关系。他真的生秦薇老师的气了，他知道自己的篮球是打得不那么好，可是自己的态度还是非常积极的，也很努力，就算打不上主力，和现在这些替补队员相比也不相上下，她怎么能这样对自己呢？她一定是故意的，故意给自己难堪。

站在人群前面的秦薇老师及时捕捉到了刘跃龙同学脸上的瞬息变化。她一双小眼睛眯缝了起来，莞尔一笑，继续说道："停，停，我还没有说完呢！现在还有两项任务我要交代一下。"

"我去，还没完了呢！这是要把人往死里折磨呀。"刘跃龙心里更加气愤了。

"第一个也是很重要的一个，就是领队兼场上教练的任务，我想就由刘跃龙同学来担任吧；第二个任务嘛，就是啦啦队了，也不轻松，我当仁不让了，就由我来负责了。"

"噢，噢，噢！"队员们再次跳跃着欢呼起来，他们的兴奋溢于言表，欢呼着秦薇老师的所有安排，所有人都沉浸在欢快的气氛里。

"哎，哎，秦老师，秦老师，这不行，这可不行呀……"欢呼着散去的人群中没人听到刘跃龙领队的喊叫，更没人去理会他，大家都径直奔向篮球场训练去了。

刘跃龙呆呆地愣在原地，一动不动。这比不让他做队员更难堪，他哪里想得到，秦薇老师会出如此一招，生生丢给他这样一项重任。刘跃龙心里清楚，以他的篮球水平和对篮球的理解，充其量也就算个凑热闹的，就算是做替补也只能勉强算第二梯队。现在，他像是在梦里一样，整个人处于飘忽之中，他急切地想要抓住点儿什么。

刚刚心里还在埋怨秦薇老师对自己的轻视呢，现在又被她这突如其来的绣球来了个迎面一锤。哎，刘跃龙现在正在承受着怎样的一种折磨呀。

刘跃龙其实对篮球真的不是很熟悉。小学时，他们学校里倒是有对篮球架子，可是整个学校就只有一个篮球，那是体育老师的宝贝疙瘩，只有在体育课上他才有机会摸到。平日里，那个体育老师像守护自家宝贝一样将篮球看得死死的。当时，如果不是体育老师看中的人，光靠体育课能把篮球运明白就不错了。到了中学，刘跃龙之所以积极参加篮球运动，主要是因为陈朝旭、张志国、梁德志这几个好朋友经常活跃在篮球场上，为了凑热闹，他一有时间就会跟着一起玩，一来二去，他也就喜欢上这项运动了；再有就是篮球场是更多男同学的活动场所，男孩子嘛，这时也知道哪里更适合他们，刘跃龙自然也明白这个道理。不过，到目前为止刘跃龙的篮球技术确实还不怎么样。

秦薇老师这个安排和布置，让刘跃龙左右为难。此时，他对秦薇老师是又爱又恨。他爱秦薇老师对自己的看重和抬举，爱她给了自己被重视的感觉；他想要恨，却不知要恨什么，就只能恨自己了，他恨自己为何没有高超的篮球技术。无论如何，刘跃龙知道，自己已经没有退路了，秦薇老师根本就没打算给他退缩的机会，现在自己只能硬着头皮死扛了，至于是否扛得起，已经不是自己应该考虑的问题了。

"哼，你敢这样赶鸭子上架，那我就只好死马当活马医了，至于结果我可就管不了啦。"刘跃龙嘴里一边嘟囔着，一边向体育老师的办公室走去。之前他已经尝过搬救兵的甜头，那滋味还不错。

　　最近，学校的体育课简直都变成篮球专业课了，各个班都在请体育老师给自己班进行赛前指导。初一年级四班当然也不例外，这天下午的体育课，体育张老师直接拎着装满篮球的网兜来了。

　　"听说你们班的篮球队组建好了！"张老师向列队整齐的四班打着招呼。

　　"组好了，组好了，请张老师检阅！"二聊抢先喊道，另有几个同学也应声附和着。

　　"好的，那我们就演练一下，你们按照各自擅长的位置打打，都找找感觉，今天是骡子是马都拉出来遛一遛。"

　　在张老师的指挥带领下，很快队员们按照主力和替补的不同位置，组成了相互对抗的两支队伍，并依照秦薇老师之前的位置分配，各自进入了角色。

张老师吹响了比赛的哨音，两队人马迅速跑开，展开了激烈的角逐。很快，秦薇老师安排的两组啦啦队也快速列队站到了篮球场两侧，摇旗呐喊起来。

十几分钟过去了，两队人马你来我往，攻守频繁。队员们有的累得上气不接下气、满头大汗，有的却面不改色、从容自在。纵观两支队伍，尽管主力队技术优势明显，但在得分上并没有反映出他们的实力，目前两队间的得分并未拉开。

随着一声长哨响起，张老师叫停了比赛，两支队伍分别列于左右。他严肃地讲道："你们先休息一下，喘口气。我来说说你们两支队伍刚刚比赛的情况，从这一节你们两队的攻守来看，我觉得咱们班同学的篮球功底还不错，每个位置可以说都有强点，不过你们有没有发现我们的得分并不是很高……"

张老师停顿了片刻，继续问道："你们知道问题出在哪儿了吗？"两队没有一人吭声。

"我想你们首先要明白，篮球是一项集体运动，它的核心应该是团队配合，发挥出集体的作用最重要。

要想打好比赛，取得好成绩，你们每个人都得明白这个道理。就团队意识而言，我看替补队做得相对好些，他们的传球次数更多，配合得也不错；咱们主力队反而在配合上并不是很到位，很多好机会都没有利用好，没能转化为得分，你们现在一些没必要的单打独斗太多了，效果不是很好。最后，我还想再强调一点，咱们班的基础确实还是不错的，有机会取得好成绩，接下来最重要也是最关键的，就是在练习中加强配合，大家都明白了吗？"

"明白了，明白了。"主力队一边的回答明显有些松垮，尤其是其中的张志国同学，他正一边高一边低地斜楞着身子，歪着脑袋，一副不屑一顾的样子，双目四处乱看呢。正巧，他那双四处乱转的小黑豆与刘跃龙的浓眉大眼在人群中撞到了一起。两人相向而视，持续了好一阵，最后张志国实在忍不住，率先勉强地笑了笑，并借机迅速逃离了两人目光的对峙。

经过最近张老师的几次单独指导，刘跃龙这个领队也深刻认识到四班这支篮球队的问题所在，同时他也看到了他们这个集体的优势。他知道只要解决好体育老师指出的要害问题，他们这支队伍一定会脱颖而出。他现在已经非常明确问题的关键就在张志国，但他也了解张志国的性格，解决当前的问题不能急于求成，更不能硬来，得讲究策略。

于是这天课后，刘跃龙特意找了个机会，凑到张志国跟前，和他聊起了天，套起了近乎："哎，志国，你今天球打得可以呀，运球过人技术真棒，尤其是篮下的冲击力简直无敌了！"

"哪有呀，凑合吧。"张志国明显不想将这个话题继续下去，并未做过多的回答。

"哎，你觉得今天张老师给咱班指导得怎么样，有道理吗？我对这些实在是不懂，你给我讲讲呗。"

"挺好的，他说的都对。"

"噢，哎，你觉得陈朝旭的技术水平怎么样？我怎么看他今天打起比赛来一点儿精神气都没有。"刘跃龙紧追不放，一步一步实施着自己的计划。

"挺好的呀！"张志国的话里明显带着不悦，他的回答简直就是敷衍。

"那，那你给我讲……"

"哎，我去，讲什么讲！你小子耍我！"张志国突然回过神来，抬脚便向刘跃龙的屁股踢去，嘴里还在反复地喊着，"你小子什么都懂，就是会装。"

张志国很快追上跑在前面的刘跃龙，将自己的一只手顺势搭在了他的肩膀上，两人并排着向操场深处走去。

"今天的训练，我在场下看得很清楚，我觉得你很多球是故意非要传给二聊，而就是不传给位置更好的陈朝旭的吧？"

"是呀，我就是故意的，我就不愿意传给他，我就是看不惯他。你看他一天到晚穿得溜光水滑，还留个'黎明头'，哼。"

是的，陈朝旭在他们这届学生里个子最高，穿着讲究，在这些土里上气的娃娃群里，简直是鹤立鸡群，给人的感觉确实与众不同。也难怪，谁让人家长得帅气，学习成绩还不错，待人也温和呢。

"人家打扮得好看一些，又不碍你什么事！真是的，不过你承认不承认，在中锋这个位置，我们班里是没人可以替代陈朝旭的，而且咱班在这个位置也是占有绝对优势的。"刘跃龙分析着，他尽量强调着班级的整体性，他们都是初一年级四班的成员。

"没错，你说的都对，这些我也知道，但是我就是看不上他。一看到他那溜光水滑的'黎明头'，我就来气，就不想给他传球。"张志国的话语中带着一些不讲理的霸道。

"你不会还惦记着人家那条武装带呢吧?"刘跃龙故意逗他。

"去，我有那么小气嘛! 那事我早忘了。"

"忘了，我觉得你可不是忘恩负义的人呀! 别忘了人家可还救过你一命呢，要不是陈朝旭够意思，也许你连进球队的机会也没有了。"刘跃龙句句紧逼。

张志国不说话了，见此刘跃龙继续说道:"再说了，从专业的角度讲，我要是你，我就更多地把球传给陈朝旭，让他听你指挥，听你使唤。这样一来，咱们不就可以解决张老师给我们指出的问题了吗? 我们球队的整体配合水平提高了，这样你也就算帮了我这个领队加教练了不是。再说了，如果咱班打出了好成绩，哪个懂球的还看不出你这个一号位的指挥才能，你这是一石二鸟、名利双收呀。反过来讲，如果你一意孤行，照老样子打，咱们的队伍被人家打得落花流水了，看看在大家眼里谁会是罪人。"

"唉，也是，你说得有点儿道理。"张志国看来被刘跃龙的三寸不烂之舌说动了。

"什么叫有点儿道理，这是大道理，以后你跟着好好学吧。"刘跃龙扭过头一本正经地说道。

看着刘跃龙装腔作势的样子，张志国举起手来，瞪圆一双小黑豆眼便向刘跃龙的屁股打去。

校篮球比赛正式开始了，每天下午的第二节课后，学校篮球场上都是最热闹的，就算平日不太喜欢运动的女同学也都纷纷来到篮球场边，为自己的队伍加油鼓劲。

历经几场艰苦的战斗后，初一年级四班在年级小组循环赛中取得了令人满意的好成绩，顺利进入淘汰赛。四班的同学们兴奋不已，可是领队刘跃龙却闷闷不乐，一副忧心忡忡的样子。他担心着接下来的淘汰赛，那将是一场残酷的对决。更何况对手竟是他们的宿敌初一年级一班，就是那个大家心目中最好的班级。小组赛中，一班的实力早已展露无遗，尤其是他们的团队配合，还有对教练战术的执行力，很显然他们是目前最大的夺冠热门队，拥有最多的支持者和观众。刘跃龙心里明白，按照四班现在的队伍状态，他们取得更好成绩的机会微乎其微，这给他带来了巨大压力。他知道之前的胜利，为他赢得了全班同学的信任，但他同时更明白，接下来的比赛也许会让他的所有努力付诸东流，甚至让他成为众矢之的，因为他毕竟是这支队伍的领队兼教练呀。

这天下午，四班和一班的对决开始了。在观众心目中，这注定将是场一边倒的比赛，结果将毫无悬念。的确，一开场一班就拿出了必胜的气势，整个队伍精神饱满，斗志昂扬。场上的五人，都在跑动着、叫喊着，保持着高昂的士气。

一班一号位首先带球吹响了第一次进攻的号角，他在队伍的最后，向着四班篮筐的方向推进。张志国快速跑上前去，来了个飞身防守，想要对其进行对位迟滞。一号位见此，迅速将球传给了一侧的四号位，然后一个转身越过张志国，快速直插到四班篮下。与此同时，由梁德志防守的四号位将篮球又回传给篮下的一号位，此时，一号位处于防守空位，他一个擦板，球进了，场上比分 0∶2。

四班发球进攻，张志国带球过了半场。在与二聊来了个简单过渡传接球后，张志国突然一个背后运球，过掉了对方补防过来的三号位，直插上篮。可惜对方五号位篮下优势明显，篮球弹筐而出。

就这样你来我往，上半场的时间已经过了三分之一，张志国进了三个球，二聊进了一球，陈朝旭进了一球，四班却还落后对方六分。就目前的形势来看，比分并无明显缩小的趋势。记分台边转来转去的教练刘跃龙叫了第一个暂停，四班的啦啦队员们也都向下场的队员们围拢过来，好像很专业的样子，听着教练布置接下来的战术打法。

"嘟——"一声长哨响，裁判员吹响了两队继续比赛的号令，比赛继续。双方并未对人员进行大的调整，刚刚的双方队员又一次缠斗在一起。

"变，变阵!"张志国一边运球推进，一边指挥着队伍。

四班场上的队员们心领神会，迅速跑散开来。二聊作为前锋具有一定的攻击力，他迅速冲向篮下的一侧，摆出一副要球的姿势。梁德志一直和张志国保持着相互呼应，确保球权。陈朝旭也趁着大家不断倒球的时机，占领了篮下位置。这时，张志国一个快速直塞传球，篮球立刻飞到了陈朝旭眼前，着实吓了他一跳。如果不是陈朝旭训练有素、反应机敏，篮球定会亲吻上他高高的鼻梁，给他来个爽爽的酸鼻儿。陈朝旭接球后转身，大步上篮，得分，整个动作一气呵成，潇洒自如。进球后陈朝旭迅速向后场跑去，并略显严肃地向兴奋的张志国努了努鼻子。张志国嬉笑着向他敬了个礼，看来现在四班的队伍有了化学反应。

"加油! 加油! 陈朝旭加油! 张志国加油! 四班加油!"场边的四班啦啦队再次兴奋起来，尤其是秦薇队长喊得最为卖力。

比分也在呐喊助威声中逐步迫近。

"防守，防守，防守！"在刘跃龙教练的带领下，场边的替补队员和啦啦队员们再次掀起了加油助阵的高潮，点燃了四班篮球队的激情。每个队员都像装上了一台六缸发动机，在篮球场上不知疲倦地来往于攻守之间。

两队之间的比分差距很快就荡然无存了，一班意识到了问题的严重性，他们一连叫了两次暂停。但是，他们始终找不到克制陈朝旭五号位的办法，与此同时还有在梁德志二号位的策应下，一号位张志国的得分机会也逐渐多了起来，对此一班似乎没了办法。四班已经势不可挡，全面开花，迅速反超了比分。同时，在四班二三联防的严密防守下，一班的进攻也全面哑了火。

篮球比赛终于结束了，初一年级四班取得了胜利，获得了本届校男生篮球比赛年级第一名的好成绩，这个成绩来之不易。其实，在那次刘跃龙与张志国的操场谈天之后，张志国就已经下定决心，他要努力去帮助自己的好朋友刘跃龙打好比赛，他要努力去为班级拼搏，要为四班而战。

颁奖当天，四班的同学们将激动的目光投向了他们的班主任——他们的小个子秦薇老师，他们一起庆祝着四班取得的第一个冠军。

五

二
侯

"我要吃遍所有好吃的，
我要尝遍各种美食，
最重要的是吃完只长个子不长肉，
要是能超过陈朝旭，
那就是我最大的理想了。"

四班的同学们不知从什么时候开始喜欢上他们这位小个子班主任了。孩子们喜欢她的率真洒脱，喜欢她的满腹经纶，喜欢她的善良热情，甚至喜欢她偶尔的孩子气。秦薇老师或许也爱上了这里的山水，因为最近在四班的同学中，正在传抄着据说是她写的一段话：山峦轮回黄绿间，河溪涨落见窄宽，花草往来为秋实，无人在意任自然。

学校每周五下午的最后一节是自习课，各班的班主任们便会为他们的班委创造难得的历练机会。于是在美好的周末来临之际，班主任们也就愉快地交出了手里的权力。秦薇老师是个特立独行者，她可舍不得交出这个权力，她将四班的自习课改为了美其名曰的班会课。说是班会，却从来没有在这个会上讨论过任何班级事务，而且每次班会的主题也是在会议开始时才揭晓。

又到了本周的班会课时间，四班的学生们都轻松地坐在教室里，等待着秦薇老师的到来。铃声响过好一阵，秦薇老师却一直未出现。同学们很奇怪，这完全不像秦薇老师的风格，往常她多会提前来到班里，生怕哪个家伙趁着周末偷偷逃跑了呢。

此时从四班窗外不断传来各种声音，邻班同学的叫喊声、打闹声，还有班委们严厉嘶哑的训诫声，一波下去，一波又起。这些喧闹声像是具有魔力一般，引得座位上的张志国心神不定。他实在忍不住了，不由得站起身，猫着腰轻轻地小步跑到教室门前，想要探听个究竟。看到有人带头，坐在前排的二侯也不安分了，他也正准备起身去凑个热闹。

突然，吱呀一声，四班教室的门响了。与此同时，只见张志国迅速翻转身来，根本顾不上调整重心，就踉踉跄跄地溜回了座位。

二侯的反应却没那么敏捷，此时他正呆呆地站在座位上，双眼望着教室门开的方向。不光是二侯呆住了，全班所有人都呆住了，大家都目不转睛地盯着正在走进教室的秦薇老师。

天呐，秦薇老师身着一条长长的裙子，淡青素雅的底色上缀满了黑白小花，长长的裙摆扫着一双锃亮的黑色襻带小皮鞋。她径直走向讲台，那心无旁骛的步伐，若无其事的姿态，尽显优雅端庄。

一切都凝固了，教室里死一般的寂静。

突然，秦薇老师扑哧一下笑了："张志国，没吓到你吧？你是要去找我吗？"她显然是在为了问而问。

"噢，噢。"张志国显然还未缓过神来，他用力地晃了晃脑袋，揉了揉他那双聚光的小眼睛，继续说道，"是的，是的，秦老师。我们正要去迎接您呢，欢迎秦老师驾到！"这时，依然站在座位上的二侯又重复了一遍张志国刚刚的欢迎词，班里立即响起了欢笑和掌声。

"好了，好了，我们言归正传。这节班会课，我想和大家一起讨论一个严肃的话题，一个涉及每个人的话题，它就是理想，或者说你最希望自己将来成为一个什么样的人。"秦薇老师一边宣布今天班会的主题，一边观察着每位同学，"或许这个话题在你们看来并不新鲜，其实我想等我们进行完今天的讨论，回过头来再交流这个话题，就更有意义了，甚至等你们长大了、成人了，你们一定会感受到今天这个话题的价值。"

秦老师的一通假设并没能真正说服和打动同学们，甚至很多人并不觉得这个话题有什么讨论的必要，简直是小儿科。

"那就开始吧，还是老规矩，自愿，自由，畅所欲言。"秦薇老师已经进入了她班主任的角色。

教室里经过片刻沉寂之后，陈朝旭首先举起了手。

"大家好，我认为今天秦老师出的这个讨论题目非常好，也是我们这个年纪应该好好考虑的问题。我们不能头脑空空，每天就等着老师来给我们填充，这样下去我们自己都不知道自己将会是谁。"陈朝旭同学一本正经地阐述着他的观点，他高高地站在那里，就像一位热血青年，做着慷慨激昂的演讲。突然，他话锋一转，直切主题："我想和大家分享的是，我最大的理想就是将来能成为一名县长。我要穿上整洁干

净的衣服，提着公文包到乡下，为老百姓办事。不过，
要是能有吉普车坐就更好了。"

"还想坐吉普车，你不怕山风吹乱了你的'黎明
头'呀！"二侯打趣地插起话来，引得全班哄堂大笑。
陈朝旭并未做任何反驳，他甚至连看都没看二侯一眼，
就自己坐下了。

秦薇老师没有强行干预大家的任何发言，这是她
的风格，她只是适时地引导着讨论的进程。

"我想将来做一名大医院的护士，为病人送药打
针；如果有值夜班的机会就更好了，我一定会值最多
的夜班，我觉得我有用不完的精力；再有就是我有很
多绝招，可以对付那些不听话的病人……"

还没等王晓琴说完，与她同排的梁德志抱起双臂，
扭躲着身子，大声喊道："千万别让她当护士，这是
个杀手，病人会有生命危险的。"王晓琴快速扭过头
来，见梁德志已经做好了防备，就狠狠地瞪了他一眼。
梁德志也就再不敢说什么了。

班里的气氛越来越活跃，张志国也坐不住了，他
猛地站起来，身子挺得笔直，铿锵有力地说道："我

最喜欢海军，我想成为一名海军，手握钢枪，脚踏船头，在大海上乘风破浪，誓死打败一切来犯之敌。"他坚毅的眼神直直地盯着教室前方，好像那里就是敌人的老巢。

"我要吃遍所有好吃的，我要尝遍各种美食，最重要的是吃完只长个子不长肉，要是能超过陈朝旭，那就是我最大的理想了。"小个子二侯嬉皮笑脸地说道。

一直跃跃欲试、想说却总在犹豫的楚思燕终于鼓足勇气站起身来，她字正腔圆地说道："秦老师就是我的理想，我希望我能成为秦老师那样的老师，将来也能给我们这里的孩子上课。"楚思燕说得严肃又认真，班里没人好意思明目张胆地开她的玩笑，教室里一下子又静了下来。

"秦老师是大学生，是大学毕业的呀。""是呀，是大学生呀！"不知谁私下里小声嘀咕着。

……

"秦老师，秦老师，大学到底是个什么样子？您给我们讲讲吧。"刘跃龙伺机抛出了他一直的疑问，这是他很久以来就想知道的。而且，从秦薇老师今天的特别装扮，刘跃龙就想到她一定是别有用意的。

秦薇老师没有丝毫犹豫，应声答应下来，好像之前早就安排好了剧本似的。秦薇老师拖着长长的裙摆，在教室里慢慢地踱起了步，轻轻地讲述着："大学嘛，我觉得就像一座森林，一座带有城堡的森林，这里是独立的王国，它享有着独立和自由。学生就是林中的飞鸟，他们每日自由地翱翔于林中，去歌唱，去飞翔，去觅食，去游戏，去学习本领。"

"秦老师，您的大学到底是什么样的？"二聊被刚刚秦薇老师对大学的描绘弄得一头雾水，他急得甚至想让秦薇老师在黑板上直接画出来。

"至于我的大学嘛，简单点儿说我觉得应该是这样的：春风桃花烂漫，夏雨丁香惹人，秋云梧桐夜雨，冬雪花飞歌伴……"

同学们都抬着头，痴痴地望着眼前这位仙子，她正漫步在美丽的大森林中，讲述着她的童话故事。此时的二聊更加迷糊了，他彻底被秦薇老师弄糊涂了，在那里直抓脑袋。

"哎，不说了，不说了。刘跃龙，刘跃龙你的理想是什么?"秦薇老师话到一半，那张樱桃小嘴突然闭了起来，不谈了。她将话题再次引向理想的主题，并下意识地找到刘跃龙来为自己解围。

刘跃龙似乎并未做好准备，就被秦薇老师提溜了起来。他慢吞吞地站起身来，向秦薇老师看了一眼，结结巴巴地说道:"我嘛，我的理想是，是做秦老师的师弟。"话音未落，刘跃龙就意识到他这句话的不妥，脸一下子就红了。其实他是想说他想要上大学，想要上秦薇老师上过的那种大学，并非想当众故意拉近与秦薇老师的距离，但不知怎的却鬼使神差地说成这个样子。

"喊，你想得可真美，你还是做悟空师弟吧!"二聊对刘跃龙的话倒是听懂了，他急着找回刚刚的面子，便带头起起了哄，一帮男生也跟着应和起来。

刘跃龙知道男同学们起哄的原因，知道他们在嘲笑自己。可是，他并不觉得自己有丁点的异想天开，他反而认为自己现在就是秦薇老师的师弟了，接下来他还要向他的师姐学更多的东西呢。

　　很快一节班会课的时间就到了，同学们收获了各自的理想，也收获了来自别人的快乐。秦薇老师收获了所有这些的同时，她的班委人选也基本搞定了，在她心里，陈朝旭可以胜任班长，张志国适合体育委员，楚思燕做学习委员最合适，至于生活委员，那就是刘跃龙了。

六

秦薇

天呐，她身着一条长长的裙子，
淡青素雅的底色上缀满了黑白小花，
长长的裙摆扫着一双锃亮的黑色襻带小皮鞋。
她径直走向讲台，
那心无旁骛的步伐，
若无其事的姿态，
尽显优雅端庄。

　　这些纯洁、天真的孩子，就连他们的理想也是如此简单纯粹。可是他们毕竟还是孩子，毕竟身处偏僻的山村。他们这些看似简单的理想要历经怎样的风雨和艰苦付出，才能得以实现，不知他们是否真的意识到了。

　　时间过得真快，第一学期已近尾声，马上就要期终考试了，同学们进入了紧张的复习阶段，他们在为中学的第一次考试做着准备。第一学期的考试成绩对他们来说极其重要，甚至将会决定他们整个中学的学习走向和将来的生活方向。

　　在这里，是以人际关系为基础构建起来的熟人社会，孩子们也不例外。群体中，较容易对事物形成共识，个体很少在强大的舆论面前进行反抗，因为那样他就会成为群体中的另类。这个相互熟悉的群体常会给其中的个体配上各种标签，以至于生活中到处都是标签化的人物，标签化传统在这里由来已久。人们也从不避讳，对学生来说成绩好的常被冠以学习好之名，成绩不理想的也会被毫不留情地贴上学习差的标签。标签的力量是巨大的，它可以成就一个人，同时也能画地为牢，给人套上一副无形的枷锁。因此，在一个班级里，常会出现带有明显标签的所谓两类人，随着时间的推移，他们将会慢慢产生明显的两极分化，这就是孩子们在成长中首先必须面对的。

　　刘跃龙是个在学习上很自律的孩子，他的入学成绩虽不突出，但也还算不错。对学习的自信和自律他从没有动摇过，对新知识的探索欲望始终如一。面对中学里多种新课程，他并不觉得是压力，反而兴致更加高涨。让他唯一有些不适应的就是新开设的英语课，在他看来，那些英文字母和汉语拼音长得一个样，名字却不同，区分起来很是头疼，他常常混淆。不过，他倒是很乐观，常将责任推到以前汉语拼音学得太好了身上。

这天课间，二聊闲逛时看到刘跃龙，将他神神秘秘地拉到一旁，小声说道："哎，你听说了吗？一班放出狠话来，要对咱班发起挑战。"

"挑战什么？你可别乱惹事呀！"刘跃龙惊异地问道。

"我惹什么事呀，我是多好的学生呀，我是好学生！"

刘跃龙似笑非笑地瞪了二聊一眼，二聊似乎为刚才的话有点儿不好意思了，便下意识地抬起手来捋了捋他额前的那一撮头发，继续说道："真的和我没关系，是一班班长放出话来，说是让咱班等着瞧，期终考试见，这不是叫板是什么？我可没乱讲。"

二聊看刘跃龙没有任何反应，继续补充道："他还说了，就四班那几块料，他一个人就……"

"行了，行了，还编。"刘跃龙太了解二聊了，同时他也知道一班那位班长是有分寸的，不会说出二聊后面那些话的。

"一班班长这是什么意思呀？"刘跃龙自言自语地嘀咕着。

"还不是前段时间的篮球赛，一班被我们掀翻了车，咱们在学校里出尽了风头。人家是一班呀，他们哪里吃过这种亏，估计他们班主任这段日子没少给他们施压。"二聊说完，伸出手来，轻轻在刘跃龙腋下捅了两下，两人相视而笑。

　　"不过，一班那帮家伙学习确实好，他们的基础本来就好嘛，我们有啥和人家比的。他们这是要在学习上找回篮球场上的面子呀！那怎么能行，怎么能给他们翻盘的机会，这不像我们的作风呀！"刘跃龙在心里分析着，然后继续向二聊问道："你的消息靠谱吗?你可别谎报军情啊。"

　　"绝对靠谱，绝对没问题，是他们班的同学亲口说的。"

　　"一班就是一班，还真有点儿范儿。我们不接受挑战都不行了，人家已经下了战书。我们不能打无准备之仗，得有对策，你最好把这个消息报告给咱班学习委员，看她有什么意见。"刘跃龙说完，再次叮嘱二聊千万别忘记告诉学习委员这件事。

　　学校里，每学期都会对学生考试的总成绩进行年级大排名，这个排名不仅决定着每个班的地位和名声，同时还检验着每位班主任老师的能力和水平。所以学生们和班主任老师之间的关系很微妙，绝对不同于和其他任课老师。他们之间既像上下级，又像朋友，他们相互成就，相互影响，所以人家段老师是个"明白人"。

第二天一早，同学们都在认真地上早自习，班长陈朝旭悄悄地通知了每一位班委，声称有紧急情况与大家商议。几个班委跟着班长一起，来到了班级外面的那棵大核桃树下。陈朝旭轻轻抬起手，示意大家蹲下来围成一圈，这是一种有效的保密措施，看来今天要讨论的问题是严肃的。

张志国是最后一个围拢过来的，他不但没有领会到班长所要讨论问题的严肃性，反而"扑哧"一下笑出了声。张志国这一举动迅速遭到了学习委员楚思燕的白眼，他不敢反抗，只好悻悻地低下头对着自己的肚皮继续笑。

张志国之所以一直笑个不停，主要是因为他还是第一次看到，蹲下来的楚思燕是如此的矮小，才刚刚到陈朝旭的腋下。尤其是她还蹲在了陈朝旭的身旁，就像陈朝旭身边带了个孩子似的。关键是她还在"大人们"面前一本正经地高谈阔论着，这是多么搞笑的一幕。在张志国看来这是极大的滑稽，所以他忍不住笑了，还一笑不止。

"你们知道吗？我得到了一个可靠消息……"学习委员楚思燕向大家透露着她最新截获的那个小道消息，她和二聊讲的差不多，不过也加入了自己的感情，甚至还有添油加醋的成分。从她的话语中，大家知道她希望班委们都想想对策，现在她已经准备代表四班迎接挑战了。

"哎呀，道听途说的事管它呢！我还以为是什么大事呢，就让他们一班自娱自乐好了，我们该干嘛干嘛呗！"张志国不屑一顾地发表意见。

"我看，还是应该把秦薇老师请来，大家一起商量，或者最后让她拿个主意……"班长陈朝旭是最讲大局的。但还未等他把话说完，班委们就一致否决了他的提议。

几个人讨论来讨论去，也没有个一致意见，弄得班长和学习委员一时也没了主意。

"唉，刘跃龙，你也说说，别闷在那一声不吭，假装深沉，你平时不是主意挺多的吗?"楚思燕看了看对面的刘跃龙。

"嗯，我觉得吧，这个事我们得从长计议……"刘跃龙放慢语速，开始卖起了关子。

"你小子，又装!"脾气急躁的张志国瞪圆了他那双小眼睛，朝刘跃龙的屁股上就是一巴掌。刘跃龙这下子不敢再装了，他按照昨天晚上自己的思路讲了起来："我觉得我们首先必须得应战，这是颜面问题，四班一旦怯阵了，将来就会永远也抬不起头来。其次，我们的行动必须保密，绝不能声张，更不能告诉秦薇老师，这样一方面我们可以给一班来个出其不意，另一方面就算我们失败了，和秦薇老师也没什么关系。最后，我们要做到知己知彼，才能百战不殆，一班确实有实力，但只要我们策略得当，就有希望战胜他们。"

"你是不是打仗的电视剧看多了!说得倒挺轻巧，你有什么办法，还有什么策略?考试那玩意儿，得靠实力，光靠嘴巴是不管用的。"二聊这次没有客气，他心里明白，这个事的起头在自己，如果有什么闪失，自己将成为班里的罪人，定会遭到大家的埋怨。

"我觉得，我们原先在哪里战胜的他们，就要在哪里再次战胜他们。"刘跃龙信心满满地补充道。

"你到底什么意思？别卖关子，赶紧说！"张志国虽然有些不耐烦，但在篮球赛后他倒是对刘跃龙有了几分敬意。

"张志国，我说的要是有道理，你支持吗?"刘跃龙将了张志国一军。他心里最明白，无论是篮球比赛还是班级管理，他和班级都需要张志国的帮助，要想成功必须得到张志国的支持。现在刘跃龙正在一步一步实施着自己的计划，他要将张志国彻底收编。

"我当然支持了,这是咱班的颜面,谁打咱班的脸,就是和我过不去。你别废话，赶紧说。"

"要想在学习成绩上胜过一班，确实有难度，不过胜利有多种形式，我们要避其锋芒，攻其软肋，才有获胜的机会。也就是说吧，我们不和他们争单项成败，我们要在总成绩上战胜他们，要在团体成绩上赢他们，发挥我们的整体作战优势。"刘跃龙说得越来越起劲儿。

"对吗，张志国？"刘跃龙对着张志国坏笑着。

"你说得太复杂了，不过我好像听出点儿道道来了。我是想支持你的想法，可是——可是我不行呀，我的成绩会拖班里后腿的。"张志国低下头，有些难为情。

"只要你支持就行！那好，我建议接下来班长负责咱班整体学习和秩序的维持，并负责去抢各科老师，让他们多来我们班，给我们更多的复习指导；楚思燕各科都很好，你就负责带着二聊、二侯等几个同学做好语文和英语的复习；我和张志国一起复习；还有一条，别忘了我们得秘密行动。"

"哎，哎，不对呀！你怎么成了班长了！"陈朝旭对着刘跃龙微笑着抱怨。

就这样，在班委们的秘密带领下，四班很快就进入期终考试复习冲刺状态，大家充分利用一切可以利用的时间，就连秦薇老师每周五的班会课，也被班委们死皮赖脸地征用了。

张志国是个社交达人，平日里，他每天都有忙不完的事情，只有学习除外。现在，他已经答应了刘跃龙，也当着大家的面作出了承诺，所以刘跃龙每天都抓着他一起学习，就连他固定的打球时间也被刘跃龙剥夺了。张志国是个好面子的人，对刘跃龙的所有管理他是一点儿办法也没有。既然答应了，他就只好很知趣地安静下来，认认真真地复习功课了。二聊、二侯几个人看到张志国都被制服了，都在认真地学习，也就对楚思燕服服帖帖了，总是跟在她的屁股后面。

　　这天中午，二聊的同学来找他玩，却被他严词拒绝并撵走了。这人，就是之前向他透露一班班长挑战消息的那个同村朋友。二聊之所以这样，并不是因为他有多么爱学习，而是他怀疑来者是来打探消息的，他可不想被利用，更不想自己班输给一班。

　　紧张的期终考试终于结束了，天气也一下子冷了，同学们终于可以在操场上尽情地奔跑了，这是考试带给同学们最直接的奖赏。

　　而四班的奖励是校长直接带给他们的。这天，是放假前的紧张时刻，初一年级的学生们都坐在自己的座位上，收听着校长通过学校大喇叭公布的期终考试成绩。

"我宣布，初一年级总成绩个人排名：第一名一班姜雪，第二名一班赵阳，第三名四班楚思燕。"这时，二聊和二侯带头鼓起了掌，并将崇拜的目光投向了他们的小师傅楚思燕。"……第五名四班刘跃龙……"四班再次响起热烈的掌声。按照惯例，学校只公开宣布年级前三十名，以资鼓励。"初一年级平均总成绩排名：第一名四班，第二名……"还没等校长喊出第二名班级的名字，四班教室里就沸腾了起来，大家欢呼着、跳跃着、呐喊着，刘跃龙和张志国两人早已紧紧地拥抱在一起，他们和他们的集体再一次胜利了。

七

汪蕙

汪蕙就这样一直看着刘跃龙，
眼神里透着一丝羞涩，
脸上带着微微笑意。
汪蕙那用心调和出来的
刘跃龙从未见过的温柔眼神，
弄得他手足无措，
浑身不自在。
刘跃龙根本无法对付这突如其来的温柔眼神，
他没有任何经验，
只好默默地低下头，
逃，现在是最好的选择了。

当新一批陌生面孔穿梭于校园，初一四班成了初二四班，同学们也长高了一大截，更有中学生的模样了。

这天的数学课上，肖老师手持一把褪了色的黄色三角板，背身在黑板上画着几何图形，嘴里反复讲着解题思路，提醒同学们如何巧妙地使用辅助线。

突然，刘跃龙的课桌上，不知从哪里飞来一个小纸团，着实吓了他一跳。一股怒气急冲上来，正要低声咒骂，他的那双大眼睛告诉他，这个纸团不一般，有些特别。它不像二聊等人捣乱时使用的道具那样粗陋，像是有人用心折叠过的。小纸团激起了刘跃龙强烈的好奇，他的心湖此时也起了一丝丝波澜。

刘跃龙有意低下头，用余光快速将周围环境扫视一遍后，假装活动一下身子，借机用整只手掌盖住小纸团，并迅速将它紧紧抓在手心。这时，他松了口气，从容地抬起头来，再次打量着周围环境。

　　目光碰撞之处，正有不远处的汪蕙在默默地望着他。天哪，刚刚平静下来的小心脏再次飞快地跳动起来。汪蕙就这样一直看着刘跃龙，眼神里透着一丝羞涩，脸上带着微微笑意。汪蕙那用心调和出来的刘跃龙从未见过的温柔眼神，弄得他手足无措，浑身不自在。刘跃龙根本无法对付这突如其来的温柔眼神，他没有任何经验，只好默默地低下头，逃，现在是最好的选择了。为了保险起见，他还装腔作势地故意调整了一下座位，有意弄出些声响来，试图以此来驱赶汪蕙的眼神纠缠。

　　说来也怪，刚刚汪蕙那羞涩的眼神和微微的笑容一直在刘跃龙的头脑中回荡着。刘跃龙很是纳闷，汪蕙以前看自己的眼神不是这样的，她今天是怎么了？噢，刘跃龙幡然醒悟，汪蕙今天的一反常态一定和刚刚的那个纸团有关。于是，他赶忙小心地打开被紧紧攥在手心里的那个纸团，上面工整地写着："交个朋友，可以吗？"落款——"思燕"。

刘跃龙看着眼前这行字很是困惑，没错，他能确认字是楚思燕的，她的字就是这样，漂亮、大气，有男孩子的气势。可他还是不太明白，楚思燕写的这个纸条到底是什么意思呢？"交个朋友"，还来个"可以吗"，难道之前他们不算朋友？她居然还请来汪蕙做邮差，难道他们不熟悉？刘跃龙看着手里的纸条无比疑惑，而他的心里似乎又有一丝说不出的感觉，这感觉又让他产生了一种莫名的喜悦。

刘跃龙没有答复楚思燕是否可以的问题，也没有在她面前提过纸条的事，而是将那张纸条偷偷珍藏了起来。他自己也不知道这是为什么，反正一看到那张纸条，他就会开心就会高兴。

在这之后，楚思燕在刘跃龙面前，完全没有了她学习委员的霸道和严肃，还总是找机会有意无意地和刘跃龙搭话，有时还专门向他请教问题，甚至有时还故意找碴儿气他。一来二去，两人的交往越来越频繁，关系越来越密切，日常的追逐打闹和闲来无事的斗嘴便成了家常便饭。

渐渐地，刘跃龙开始很享受这样的感觉了。他觉得和楚思燕在一起做什么都开心，他的心里有了一种从未有过的满足感，让他每天过得都非常充实。更让他沾沾自喜的是，最近一段时间以来，他从与楚思燕的交往中收获了很多男同学羡慕的目光，这让他感到莫名的自豪和满足。

很快，在同学们中间开始有了各种议论和玩笑，很多人都在说刘跃龙搞对象了。这让刘跃龙很震惊，更是十分紧张。因为在他的认知范围内，搞对象是一件非常严肃、非常大的事情，是家长们无论如何也不会允许的事，更是学生不该干的事。

刘跃龙陷入了内心与现实矛盾的困境之中，在他的内心，他无论如何是个懂事听话的孩子，他根本无法冲破自己身上的这个标签，更不可能做那些父母不允许的事。可他更是个孩子，刚刚尝到一点儿甜蜜，他怎么有毅力拒绝呢？他宽慰着自己，他和楚思燕就是朋友呀，楚思燕在纸条上就是这么写的，他们怎么可能是搞对象呢？他不相信自己会搞对象，更不相信搞对象这种成人世界里的事会如此简单，他从来没有学过，怎么会发生这样的事呢？

为了避免麻烦，刘跃龙主动减少了和楚思燕交往的频次，他们两人也拿出更多时间，回到自己朋友身边。

刚一回到朋友身边，刘跃龙便有了重大发现。他觉察到好朋友梁德志最近总是神神秘秘的，常常一个人偷偷跑到教室外的角落里，一待就是一个课间。

二侯似乎也发现了梁德志最近的异常，于是刘跃龙、二侯两人一拍即合，他们决定约上张志国、陈朝旭一起搞个明白。

这天下午的一个课间，梁德志又一个人默不作声地向教室外走去。

"德志，干什么去呀？"二侯漫不经心地随口问道。

"没事。"梁德志头也没回，径直走出了教室。

二侯见此飞身跳出座位，小跑着上前，侧身趴在教室的门框上，踮起脚来探身向梁德志离去的方向张望着，同时他的另一只手向教室里摆动着，招呼着他的朋友们，嘴里不停地念叨着："快来，快来！"

听到召唤，张志国、二聊、刘跃龙几个人也都好奇地蹿了过去。他们一路尾随着梁德志来到了他常去的那个角落。

"呔！"二侯一声尖叫，惊起了背坐在大石头上的梁德志，在他跳起的同时，双手下意识地迅速扯下了撩起的裤腿。

"吓死我了！你要干什么？"梁德志惊魂未定，结结巴巴地骂着二侯。

"干什么？你在干什么？让我们看看！"张志国几人不由分说，飞身上前直奔梁德志的裤腿。

双拳不敌四手，张志国几人三下五除二就恢复了梁德志刚刚的状态，再次撩起了他的裤腿。大家对着梁德志的裤腿子端详了半天，谁也没看出点儿名堂来。

几人望着梁德志一脸无辜的样子，无奈地问道：

"刚才怎么回事，你在干吗，神秘兮兮的？"

"什么也没干呀！我就自己待着呢。"梁德志见大家什么也没发现，底气十足地回答。

见梁德志不说实话，还装出一副若无其事的样子，刘跃龙、张志国、二聊几人面面相觑，之后一齐上手，将梁德志死死地控制在大石头上，开始对他的痒痒肉下起了狠手。

"哎哟，哎哟。我说，我说，先放开我，放开我就说。"梁德志一边哭爹喊娘，一边讲着条件。

梁德志坐起身来，呼哧带喘地撸起了裤腿，略带羞涩地小声说道："你们看，就是这个！我发现我的腿上突然长长毛了，还这么黑，这到底是怎么回事呀？"

哎呀，梁德志强健的小腿迎面骨上铺了一层浓密的黑色长毛。陈朝旭大叫起来："梁德志，你返祖了，你要变回猴子了。"

"别闹，别闹了，你们怎么这样！"梁德志怒斥着。随后几人纷纷拉开自己的裤腿，有人的腿上也长出了一些黑色的长毛，只不过没有梁德志的那样浓密而已。

这时，梁德志算是松了口气，他问道："那怎么我的这么多这么黑呀，你们的怎么不一样？"

"这有什么可奇怪的，小题大做，还偷偷跑这儿来偷看。"一旁的陈朝旭说道，"这叫第二性征，说明你长大了，你看我也有，女生就没有了，这个只属于男人。"陈朝旭一番话说得有条有理，像个学识渊博的教授。

"你怎么知道这么多？"张志国问道。

"书上说的，我看过。"

"什么书呀，还有这些东西。"

张志国沉默片刻之后，便故意转移话题，脸上堆满坏笑地说道："唉，唉，刘跃龙你去问问楚思燕，她的腿上有毛没有！"

刘跃龙满脸通红，起身便去追打逃跑的张志国。

"干什么呢，张志国？你在干什么？"看到从角落里追逐着蹿出来的两人，楚思燕大叫着。

"救命呀，救命呀，要出人命了，一家子人一起欺负人了!"

楚思燕骂了声"讨厌"后,便走开了。刘跃龙一声没吭,也放弃了对张志国的追赶。

很快刚刚的那几个男生又聚到了一起。夕阳掠过,美丽的青春洋溢在孩子们脸上,这样的美好,不知明天是否依旧。无论如何,这都将是他们一生的财富。

八

楚思燕

一直跃跃欲试、想说却总在犹豫的楚思燕
终于鼓足勇气站起身来，
她字正腔圆地说道：
"秦老师就是我的理想，
我希望我能成为秦老师那样的老师，
将来也能给我们这里的孩子上课。"
楚思燕说得严肃又认真，
班里没人好意思明目张胆地开她的玩笑，
教室里一下子又静了下来。

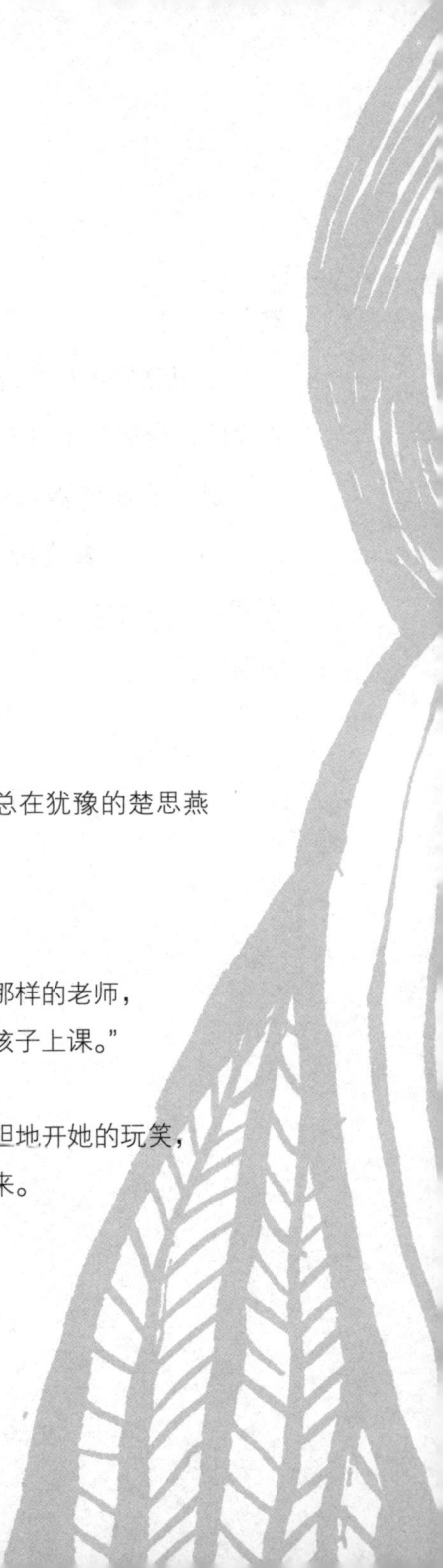

月有阴晴圆缺，刘跃龙、陈朝旭、梁德志三位同村的同班同学之间似乎出现了一些问题，原来稳定的铁三角关系最近有些松动。无话不谈的日子消失了，大家似乎心里都有了自己的秘密，只是表面上还在刻意保持着基本的客气，维持着三人之间原有的和谐。往日如影随形的三人，近来常常是二人同行，梁德志成了他们中的配客，每天都在进行着各种不同组合。

梁德志一直在想办法从中调和，却又不知从何入手。事情的起因还要从张志国几个人对刘跃龙与楚思燕毫无分寸的玩笑和起哄说起。

为了停止同学们的流言蜚语和玩笑，更是担心老师和学校的责难，一段时间以来，刘跃龙逐渐降低了与楚思燕的来往频次，主动规避着两人非必要的见面。

他们再也没像以前那样，毫无顾忌地在操场等公共场合追逐打闹了，两人的交往表面上回归了正常，看起来比一般同学之间的接触还要客气。

渐渐地，同学们的玩笑少了，之前的各种苦恼和担心也随之消失了，刘跃龙的心却一下子空了，一个人整天闷闷不乐的。这不，就连今年的篮球比赛他也不关心了，更是坚决地推掉了领队兼教练的任务。对此，张志国还一直在生他的气呢。

今年四班的篮球队员们个子都蹿高了一大截，变化很大，陈朝旭依然是班里和年级里最高的，而且还明显强壮了许多。再看刘跃龙还是老样子，变化并不明显，依旧那个满脸稚气的孩子样。

四班的篮球队依然以老班底为主，只是楚思燕主动担起了啦啦队队长的职责。一有时间，篮球队就抓紧训练，这时楚思燕带领的啦啦队员们也来加油鼓劲，她们同时还承担起了篮球队的后勤保障工作。

这天训练完毕后，张志国再也无法忍受自己的状态了，向好朋友兼队友二聊问道："唉，二聊，你说我最近是怎么了，这个球怎么打得越来越臭了。"

"依我看呀，你这是技术到了瓶颈期，你就这样坚持训练下去，接下来你的技术一定会突飞猛进的，你要起飞了，兄弟。"二聊回答的样子很是认真。

"你就胡说吧！"张志国对自己的好朋友太了解了，他听出来二聊是在敷衍他，然后继续问道，"快说，你说我到底是怎么回事？出什么问题了？"

"说真话呀？"

"废话！当然说真话了！你别给我耍花招哟！"张志国口气强硬地命令着。

"依我看呀，你最近是严重地缺乏管教。"还未等二聊说完，张志国就瞪起了眼。"你看，你看。急了不是，是你让我说真话的。算了，算了，不说了，你这人真是的！"

张志国长长地吐了口气，全力地调整着自己，然后说道："好好，我不对，我改，我改。你说真话，

说真话，我不怨你。"

二聊斜着眼瞟了张志国一眼，看他那少有的真诚样子，只好无可奈何地转过头来，说道："你呀，最近是一拿起球来就忘乎所以，什么都不放在眼里了。以前，有刘跃龙在，您还会看他的脸色，还会听他的招呼。现在倒好了，您的眼里谁都没有了，您谁也不听了，拿起球就乱来，你说你能对自己的发挥满意吗？"

二聊一本正经地给好朋友认真分析着。在张志国面前，他还从未拥有过这么好的展示机会，张志国更没有在二聊面前如此恭敬谦卑过。

"嗯，你小子平时看着吊儿郎当的，分析起问题来还有两下子，眼睛够毒的。"说完，张志国满意地在二聊的肩上轻轻地拍了几下。

"我的眼睛虽然比你的大，可没你说得那么厉害。不是我有两下子，问题是个人都能看出来，就你一人不明白！"二聊表现得很是谦虚。

"你说，那我该怎么办呀？这球我得打好呀！"

"怎么办？这有什么难的，照方抓药呀！"

　　"什么叫照方抓药，抓什么药?"张志国一脸迷茫地看着二聊。

　　"你把刘跃龙薅进咱们的篮球队不就得了，真是的，这也让人教呀!"二聊突然间有了些当领导的感觉，之前他从未敢在张志国面前如此放肆，现在他把这感觉和分寸拿捏得死死的。

　　"这小子，连教练都不干了，我怎么薅他呀? 为这事，我还和他生了好长一段时间气呢，到现在我也还没有理他呢。"张志国解释道。

　　"哎呀，之前他不来是有原因的。现在他肯定得乖乖地来。"二聊一副胸有成竹的样子。

　　"为什么，你有什么好办法? 快说，快说。"

　　"真是的，这还让人家教呀! 你不知道楚思燕当啦啦队队长了，她可是每次训练都来的呀!"二聊说完对张志国诡异地笑了笑。

　　"我去! 你太聪明了，我的好兄弟!"张志国兴奋地将二聊狠狠地抱起来，想要抡上几圈，却连自己也一下子甩了出去，两人狠狠地摔在了一起。

　　"这家伙高兴起来也是忘乎所以，真是没救了。"

二聊心里不停地念叨着。

躺在地上的张志国，突然莫名地哈哈大笑起来，然后快速起身向教室方向跑去。

"疯了，你干吗去呀?"看着突然疯跑起来的张志国，二聊叫喊着。

"去抓药!"张志国头也没回，很快就跑远了。

经过二聊这么一调教，张志国变聪明了，他将刚刚二聊所说的话鹦鹉学舌般给刘跃龙原原本本地复述了一遍，而且一再强调现在的啦啦队队长是楚思燕，并且每次训练她都会来。刘跃龙听到这个消息，没等张志国再多说什么便就坡下驴答应了张志国的邀请。他已经忍受和楚思燕的那种假装出来的客气很久了，他不想再忍了，也不愿意忍了。

为了脸面，刘跃龙申请以队员的身份加入篮球队，作为队长的张志国破例同意了他的申请，不过只给了他替补队员的身份。刘跃龙很快就来了精神，他利用各种训练机会，和楚思燕故意搭话，主动开玩笑。说来也怪，在楚思燕面前，以前的那些招数突然都失了效，不好使了，刘跃龙所有的别有用心都被楚思燕

——客气地挡了回来，同时他还感觉到了来自楚思燕不可思议的轻蔑式的嘲笑。

刘跃龙怎么也不敢相信，更不愿相信，他和楚思燕之间会出现现在的状况。他坚信这一定是楚思燕在故意气他，气他之前突然的无情无义，气他突然在众人面前的不理不睬。

其实刘跃龙的伙伴们早就感觉到了，他和楚思燕之间的这种客气已经不是装出来的了，尤其是楚思燕完全是一种真的"客气"，是一种不必让对方难堪的对最后底线的坚守，如果再纠缠下去，她一定会翻脸的，那样刘跃龙就会更加难堪。刘跃龙现在并不知道，楚思燕的客气，并非只针对他一人，就连他的那几位最要好的朋友也都有份，只是程度不同而已。大家明白楚思燕这是在划清界线，是在保持距离，是在澄清大家的关系。

今年的校男生篮球比赛初二年级四班一路披荆斩棘，过关斩将，最终取得了艰难的胜利。然而，刘跃龙却失败了，他败在四班最艰难的那场比赛中。

比赛的对手依然是一班，与去年不同的是，今年他们转来了一名新同学。这位新同学可不简单，他是临镇煤矿子弟。他们那里的条件比刘跃龙他们这儿不知要好上多少倍，他们整个矿区的人都住在一个大院里，别说是孩子了，就是大人们在节假日里也常常在一起打篮球，可想而知这名新同学的篮球实力有多强了。

在他的带领下，一班的篮下突破得分和外围中远投都有了显著提升，一班的队伍一下子找到了核心，以至于他们还打出了不错的战术，这让四班感到了巨大的压力。

随着比赛的进行，四班拼尽了全力，还是没能将比分拉开差距，两队之间的得分一直在交替上升。在大家都没了办法的关键时刻，陈朝旭挺身而出，主动要球，强攻篮下，并积极招呼队员们防守。与此同时，场下的啦啦队也是异常卖力，超级兴奋，尤其是啦啦队队长楚思燕，整个篮球场都是她的叫喊声，都是她为陈朝旭加油鼓劲的喊声。

最终，四班硬是拿下了一班这块硬骨头。

四班再一次取得了胜利，大家都沉浸在这来之不易的快乐中，楚思燕默默地第一时间为陈朝旭递上了一条洁白的小方巾，同时也递上了她温柔羞涩的眼神。然而，这一幕正被刘跃龙尽收眼底。此时的刘跃龙多么希望那块方巾是递给自己的，而且他认为也应该是递给自己的，毕竟楚思燕说过他们是好朋友，是最好的好朋友。

四班的胜利令全班上下无比振奋，最兴奋的应属楚思燕了。最近一段时间，她已经快成宣传委员了，对陈朝旭在比赛中的功劳，逢人便讲，见人便说。

最近几天，刘跃龙反复回忆着篮球场上的那一幕幕，尤其是两种不同眼神之间的交流，他已经完全明白，往事已去，根本无法挽回。况且他们这伙人能够有现在的这种关系和局面，实属来之不易，自己毕竟和陈朝旭是一个村出来的，每天还要相伴而行。最后，他决定当作一切都没发生过。

从此，这几个朋友便保持着客气的关系，刘跃龙和楚思燕之后的相见也就真的很客气了。

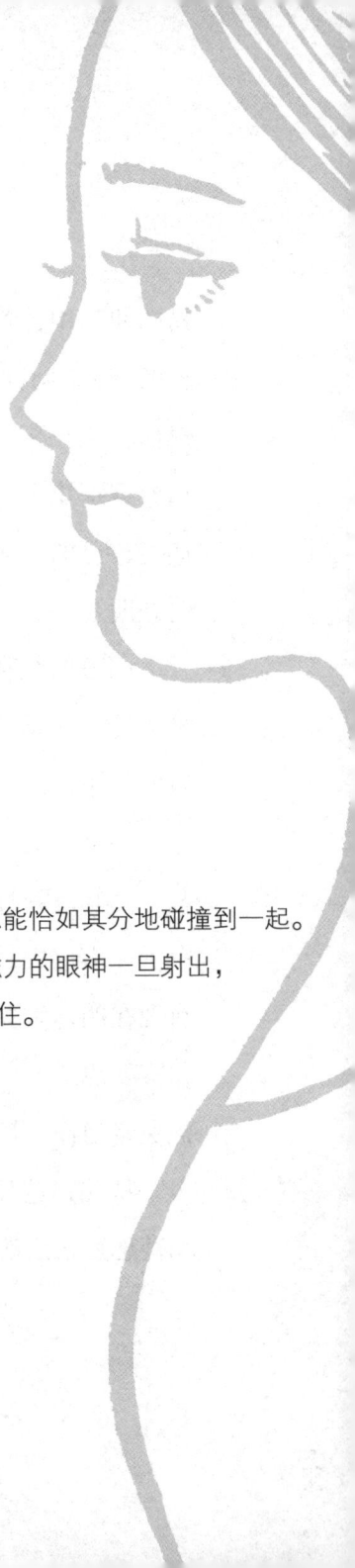

九

王颖稚

说来也怪，

每次就算是再嘈杂吵闹的环境，

王颖稚和刘跃龙两人的眼神也总能恰如其分地碰撞到一起。

王颖稚那种压迫式的带有超强磁力的眼神一旦射出，

总能将刘跃龙牢牢吸引住、控制住。

　　几个月后，刘跃龙恢复了状态，似乎一切都过去了，都恢复了正常，几个好朋友也都回到了他们熟悉的学习生活轨道。张志国、梁德志这帮家伙，全然忘记了兄弟情谊，又开起了陈朝旭和楚思燕的玩笑，全然不分场合，也根本不顾刘跃龙的感受。

　　不过，刘跃龙早已找到了新的方向，那就是在学习上不断挑战自我。秦薇老师的一举一动、举手投足，都在向刘跃龙展示着一名大学生的与众不同和魅力。另外就是数学肖稳老师也对刘跃龙厚爱有加，每每在他的课上，刘跃龙都能有一番不俗的表现，这时肖稳老师更能恰到好处地对其表扬一番，这给刘跃龙带来了极大的满足和自信，使他通过学习找回了自己，找到了他们这个年纪的孩子该有的属于他们的快乐和自信。刘跃龙正在以更大的热情投入其中，他正在享受这样的日子。

这天，刘跃龙、陈朝旭和梁德志三个朋友约好了一起回家，在离校门不远的路上，有人在喊刘跃龙的名字。大家寻声望去，原来是他们班的汪蕙同学，就是之前帮刘跃龙传递纸条的那个"小邮差"。

"怎么是她，她有什么事？什么事会让她在这里等着？不会是楚思燕派她来的吧。"刘跃龙心里嘀咕着，故意拖延着时间，就是不搭茬。

"刘跃龙，叫你呢，是汪蕙！"陈朝旭提醒着，生怕汪蕙等急了。陈朝旭之所以毫无掩饰地催促刘跃龙，更多考虑的是自己的形象，他心里最明白了，汪蕙是楚思燕最要好的朋友，她们无话不谈。

"你净胡说，汪蕙怎么可能找我呢，她一定是找你的。楚思燕的好朋友怎么会找我呢？"刘跃龙故意挤兑着陈朝旭。

刘跃龙望了望不远处的汪蕙，她正在原地转来转去，像是确实有什么事似的。他想，一个女生敢于在校外去主动找男生说事情，说明这件事一定很重要，而且还需要保密，更重要的是她一定是受人之托，不然她不会有这样的勇气的。刘跃龙微微一笑，在心里狠狠地表扬了自己一番。

然后，他面带微笑以过来人的样子，抬头挺胸，阔步向汪蕙走去，并故意大声问道："什么事？你有什么事？"

刘跃龙之所以这样大喊大叫，就是为了让梁德志他们听到，以打消他们胡乱的猜疑。刘跃龙心里非常确信汪蕙找他，一定不是为了她自己的事。为避免麻烦，省去解释的口舌，更是为了不给那些喜欢无事生非的家伙们以口实，他故意让眼前的交往显得稀松平常。

看着刘跃龙向自己走来，嘴里还在不停地大声叫喊着，汪蕙并没有理他，也没有说话，而是向他快速招着手，示意要他赶快再走近一些。

刘跃龙装出一副不耐烦的样子，不紧不慢地向前走着，嘴里还在不停地絮叨着："什么事呀？真是烦人！"到了汪蕙面前，刘跃龙满脸疑惑地看着她，汪蕙阴沉着脸，一声不吭。她那双硕大的眼睛正死死地瞪着刘跃龙，里面像是有一团熊熊烈火燃烧着，喷薄欲出。

刘跃龙觉察到事情不妙，立刻收起了刚刚的嬉皮笑脸和不屑一顾，马上笑脸相迎。他知道汪蕙一定有事，这事看来还很严重。不然，汪蕙也犯不上用这副样子来对待他，两人往日无冤近日无仇的。

"怎么了，到底有什么事呀？你倒是说呀，我的姐姐！"刘跃龙带着请求的口气问道，他想要靠"甜言蜜语"拉近两人的关系，缓和一下紧张的气氛。他这一通嬉皮笑脸并未完全奏效，不过倒是瞬间击破了汪蕙的沉默，她一下子破口骂道："你小子要是有数，就没事少招惹二班王颖稚。"

"我什么时候？招惹谁了？……"不由刘跃龙分辩，汪蕙已经气哄哄地走了。刘跃龙一动不动，傻傻地站在原地，他被这突如其来的无头无脑的责怪和警告弄蒙了。

"嘿，嘿，刘跃龙，你在那儿傻站着干吗呢？人家都跑了，还不快去追。"不远处的梁德志起着哄。刘跃龙这时才缓过神来，他悻悻地向同伴们走去。

　　"你怎么不去追呀，人家都被你气跑了。"陈朝旭开起了玩笑，语气却一本正经。很长时间以来，两人从未开过对方此类的玩笑。

　　"有什么可追的，她就是个无厘头。"刘跃龙借机将满腔怒气都一下子撒在了陈朝旭身上。

　　一路上，梁德志不停地开着刘跃龙的玩笑，不断追问刚刚到底发生了什么事。刘跃龙实在躲不过去了，说："她是来兴师问罪的，非说我拿了她的蓝色墨水。"不知从哪里冒出来这个奇思怪想，刘跃龙随口应付着，语气很是坚定，态度极为诚恳，要是换作别人，就只能信以为真了。

　　可这几个人是什么关系呀！大家自穿开裆裤便在一起玩了，谁不了解谁呀。别说刘跃龙去偷拿汪蕙的墨水，就算是汪蕙亲自送给他，他也不一定会要的，要是说他偷拿了楚思燕的倒有可能，那不过也是玩笑而已，也不至于如此兴师问罪。

　　在初二年级女生中，王颖稚、楚思燕和汪蕙三人是最要好的朋友。小学时她们就是同学，升入中学后，王颖稚分到了二班，楚思燕和汪蕙分到了四班。现在一有时间，她们还会凑到一起。其实，刘跃龙和王颖稚并不熟悉，要说认识也就勉强算吧，但他们却从未真正打过交道。刘跃龙最初知道王颖稚这个名字和这个人，还是从之前与楚思燕的追逐打闹中开始的呢。刘跃龙和王颖稚之间的所谓交往也就是从那时开始的，至于他们之间的交流也只是见面打个招呼，仅此而已。

后来，在男同学们的私下聊天中，和在对张志国打击报复式的起哄中，刘跃龙进一步了解了王颖稚。在刘跃龙心里，他不得不承认王颖稚确实如身边这帮男同学所说的，是这个年级里最漂亮的女生。尤其是张志国对此深信不疑，在王颖稚面前，那个生龙活虎、调皮捣蛋的张志国会瞬间变成一只乖巧温顺的小猫。所以，很多时候，无论是操场上，还是教室前，大家只要遇到一起，同学们就会在王颖稚面前借机起哄戏耍张志国一番，反正无论如何这个时候他一定是温顺的。不过每每这个时候，刘跃龙却从不参与，他只会站在一旁傻傻地看着。说来也怪，每次就算是再嘈杂吵闹的环境，王颖稚和刘跃龙两人的眼神也总能恰如其分地碰撞到一起。王颖稚那种压迫式的带有超强磁力的眼神一旦射出，总能将刘跃龙牢牢吸引住、控制住。

对此，刘跃龙常常陷入矛盾和愧疚中，他深深明白他还有更多需要守护和珍惜的东西，他要坚守男孩子间的仗义，他要珍惜可贵的友谊，他还要遵守规则。后来，他也就常常主动规避那种让他不能自已的各种眼神碰撞的机会了。

现在看来，或许只是刘跃龙一人从那充满美妙感觉的眼神交往中走出来了。他之所以可以做到，还要感谢他之前的经历。他知道只有将那迷人的回眸一笑藏在心底，才会永远；他明白只有将它深深地珍藏在心里，才会保持永远的新鲜美丽，对此他是有经验的。

十

顾老师

讲台前，
顾老师坐在那把少有人坐的教师椅上，
跷起了二郎腿，闭上眼睛，
身子随着歌曲的旋律晃动起来。
教室里，没有了老师，
顾老师把权力全部交给了那台手风琴演奏出的音乐了。
伴着乐曲，纸团枪射出的子弹也开始了各式飞行，
偶尔一两颗落到顾老师头上，
他也只象征性地半睁开眼，
例行公事般瞟上一眼，然后马上又回到音乐旋律里。

最近，刘跃龙座位周围纸团满天飞，这可不是哪个女同学的杰作，而是二聊他们这帮调皮捣蛋的家伙们的恶作剧。也不知什么时候吹来的这股风，纸团枪又开始流行起来，而且它的最大市场是在课堂上，尤其是顾老师的课上。

下午第三节上课的铃声响起，音乐课顾老师拎着他那台古老的手风琴，来到四班教室的讲台前。他简单整理了一下衣着，清了清嗓子，一边坐下，一边开始了这节音乐课："同学们，这节课我们继续学习前天那首歌曲。我来拉曲子，大家一起唱，我们一句一句地来。"

讲台前，顾老师坐在那把少有人坐的教师椅上，跷起了二郎腿，闭上眼睛，身子随着歌曲的旋律晃动起来。教室里，没有了老师，顾老师把权力全部交给了那台手风琴演奏出的音乐了。伴着乐曲，纸团枪射出的子弹也开始了各式飞行，偶尔一两颗落到顾老师头上，他也只象征性地半睁开眼，例行公事般瞟上一眼，然后马上又回到音乐旋律里。

初二的课程里，音乐、美术、地理和历史不用参加中学升学考试，课程上也就轻松很多。为了节约资源，学校索性将初二年级的历史和地理课老师的职责都交给了顾老师，由他来兼任。因此，顾老师和刘跃龙他们相处的时间，和班主任秦薇老师差不多了，他和孩子们相处得也很融洽。两位老师唯一不同的是，顾老师对他的学生们从不苛求，就连最基本的学业要求也没有，上课完全靠学生们的兴趣和自觉。他唯一的原则就是他的课上不能乱跑，能让他上完课就行。课程虽多，但教学对他来说根本不是问题，他很是得心应手，反正他所教的几个科目大多时候动动嘴动动手也就应付下来了。他的教学形式更是简单，不是读读教材就是歌唱和美术鉴赏，教学内容不外乎课本，备课对他这样的老教师来说，估计早就忘了。

顾老师是本乡本土人，在这个学校待了很多年，这里的人对他都很熟悉，他是目前学校里资格最老的民办教师。他拉得一手娴熟的手风琴，也不知是从哪里学来的，大家都说他不是专业的，要不然怎么会是民办教师呢？不过，他拉起琴来很有专业范儿，无论是坐着拉，还是站着拉，甚至是走着拉，只要第一个琴键被按下，他一定会很自然地闭上眼睛，身子随着旋律摇晃起来，那投入的样子，仿佛眼前的一切全然不存在了。这也是二聊这帮学生们喜欢他的重要原因。

据说，他能成为这个乡镇中学的音乐老师，也很偶然。那是一次全乡的文艺汇演，他给乡长留下了深刻印象，乡长很喜欢他，看中了他的才华，后来他就有了现在的民办教师身份。从此以后，他更是成了乡里各种演出的常客，甚至每年中学在乡政府里举行的学生入团仪式，也由他来现场演奏音乐。

今天的音乐课依然在一片祥和欢乐中结束了。

张志国、二聊几位似乎意犹未尽，他们的手里还有很多没用完的纸团枪子弹。于是放学后，张志国约着刘跃龙、梁德志和二聊几个人要在学校里再玩一会儿，他们准备来一场野战。

今天，他们的活动地点是教室后院，教师办公区前面的那个院子，那里有很多高过房脊的松树，更有超过松树两倍高的白杨树，还有一片供老师们使用的菜园子，每年这里都会长出各种果蔬和花卉。这个园子也就成了学校里最美的地方，更重要的是，现在正是西红柿成熟的时间，几个家伙其实已经惦记很长时间了，也谋划了很久，今天他们就要借机行动了。

教师办公区这个地方，同学们是很少私自光顾的，尤其是放学后。这个时候来此地的多数是被老师特殊照顾的对象，所以这里来往的人一般会很少。张志国他们几个家伙正是抓住了这点，现在他们正故作镇静地保持着队形，相继向教室后院进发。几人个个都像闯入陌生阵地的战士，左顾右盼，谨小慎微，他们一边前进，一边留意着周围的每一丝动静。

突然一声琴响，正在向前推进的整个队形一下子降低了高度，每个人立于原地一动不动，都在搜集着周围的一切信息。冲在队伍最前面的梁德志向大家摆了摆手，示意这里有人，他们应该抓紧时间撤出去。大家正准备往回走，张志国却坏笑着向声音传出的方向——音乐老师办公室指了指，示意大家继续前进，看来他是好奇心发作了。

刘跃龙和梁德志交换了一下眼神，决定转身回去，他们可不想找麻烦，更不想节外生枝。张志国见到自己的同伴准备撤离，他急中生智，张开嘴巴大叫起来。身旁的刘跃龙不假思索地飞身扑向张志国，一只手狠狠地按在了他的嘴巴上。其实，张志国只是虚张声势，嘴巴张得很大却没有出声。张志国这损招一出，弄得大家无可奈何，只好听他的继续前进了。

几人将身子放得更低，蹑手蹑脚地向琴声传出的办公室移动着。琴声继续响着，只是断断续续，时好时坏。

张志国心想，现在这个时候，谁还会在办公室里练琴，会是顾老师吗？根本不可能，他的琴技根本不用再练了，对付现在学校里的课程已经绰绰有余，课本上的每支曲子他都烂熟于心。可是没听说学校里还有谁会弹琴呀!

几个家伙很快便来到了老师办公室的窗下,他们小心紧张地挤在一起,不敢发出任何声响,乐曲不断从他们的头顶飘过。这时,张志国轻轻地侧转身来,面向梁德志,慢慢地向窗子上方对梁德志使了个眼色。梁德志立刻心领神会,他作为侦察员首先起身,对办公室内进行初步侦查。因为在这几个人里,他的身手被公认最为敏捷,干这种事他最适合。

办公室内,一名身穿蓝布上衣的中年男子,梁德志一眼就认出了是顾老师,他正在手把手教一位年轻的女子拉琴呢,两人一前一后,背对着窗子,两双手带着身子有节奏地左右晃动着。几个家伙都陆陆续续看到了此番景象,个个目瞪口呆,他们从未对音乐如此着迷过。渐渐地,他们放松了警惕,居然忘记了自己是在老师的办公室窗下偷看呢,大家的身子也都越站越高。

哎哟,啪的一声,这群挤在一起的家伙突然整体失去了平衡,一下子倒在了地上。他们看得太入迷了,以至于几人的身子都倚靠在刘跃龙身上,他们却并未觉察到，直到刘跃龙实在撑不住，结果就发生了刚刚的一幕。

"谁！"顾老师惊异地叫喊着，琴声也随之停了，办公室里传来急促的脚步声。

还没等刘跃龙完全爬起来，梁德志他们几个家伙早早地就跑掉了，消失得无影无踪。当刘跃龙还在跌跌撞撞地拼命向外逃窜时，他听到身后顾老师的喊声，声音很清晰，他的心脏简直快要跳出来了。然而，在逃跑的过程中，刘跃龙始终不能确定是否听到顾老师办公室门打开的声音，反正所有人都逃脱了，一个人也没被捉住。

之后的几天里，刘跃龙几个人故意避着顾老师，课上也安分了许多，更是尽量避免着与顾老师对视。出人意料的是，顾老师还是像往常一样，并无半点异常，与大家依然有说有笑，似乎什么事也未发生似的。慢慢地，刘跃龙他们几个人紧张的神经也放松下来，一切都恢复了正常。

时间过得很快，这学期的期终考试就要到了，秦薇老师还是像往常一样，向好说话的顾老师借了一些课，大家都忙了起来。

这天课间操后，大家在返回教室的路上，二聊在刘跃龙身后大声叫着："等等我，等等我！"

"嗯，快点儿，快点走儿，赶紧回教室！"刘跃龙转过头对二聊说道。

"你急什么呀，我有事和你说。"二聊小跑着跟了上来，他环顾了一下四周，将头贴在刘跃龙耳边小声说，"哎，你听说了吗？初一年级的英语老师秦雪搞对象了。"

"搞就搞呗，这有什么大惊小怪的，再说了关你什么事，你赶紧回去复习吧。"刘跃龙不屑一顾地说道。

"嗨，嗨，"二聊急忙用手拉住准备走开的刘跃龙，继续低声说道，"你知道是和谁吗？"

"和谁？"刘跃龙随口说道。

二聊再次看了看四周，又靠近刘跃龙一点儿后，小声说道："是顾老师，是咱们音乐老师顾老师。你可千万不能告诉别人呀，保密，千万保密。"

"胡说，胡说什么呢，怎么可能！"刘跃龙一下子激动起来。

"你别不信，这是二班王颖稚告诉我的，千真万确。"

刘跃龙的心里顿时紧张起来，他沉默了片刻，什么也没有说，就走开了。

二聊的这一番话使得刘跃龙一整天都很沉闷，心事重重的。放学回家的路上，说来也怪，从不与刘跃龙谈论八卦新闻的陈朝旭，居然也向他说起有关顾老师的传闻。这让刘跃龙的心更加不安起来。他这种不安并非杞人忧天，更不完全是为顾老师的声誉担心，其实他担心的是顾老师一旦听到点儿风吹草动，大概率会迁怒于他，一定会认为传闻的源头是他刘跃龙。因为，现在想来，那天他们看到的应该是传闻中的两人，而且最后一个逃离的又偏偏是自己。刘跃龙再次快速回忆着那天教师办公区发生的事，分析着每一个细节，排除着一切可能的破绽。他心里清楚得很，消息即使是现在传出来的，对他也是最为不利的。因为他一直怀疑顾老师那天是故意放他们走的，尤其是对他而言。现在，如果顾老师追究起传闻来，他是跳进黄河也洗不清了。

刘跃龙担心了好一段时间，顾老师还是像往常一样，没有半点变化，也从未找过他的麻烦。事情很快过去了，也没有人再谈论起此事。

这学期就要结束了，假期的前一天，学校公布了本学期全校学生的终考成绩。刘跃龙尽管取得了总成绩年级第三、班级第一的名次，但令人匪夷所思的是，他的历史和地理两门功课的成绩都是 29 分，低得如此出奇，低得还如此一致。更让人难以理解的是，坐在刘跃龙身旁的好朋友二聊的历史和地理两门功课却都及格了。对此，刘跃龙无法相信这样的成绩结果，他的好朋友二聊更是不敢相信，但这家伙却幸灾乐祸，常拿此事来嘲笑刘跃龙。

1993 年，随着改革的不断推进，政府体制改革的浪潮也吹到了这个偏远的乡镇。县里已经下了文件，准备进行大刀阔斧的改革，在全县开展撤乡并镇试点工作，刘跃龙他们所在的乡就在名单之列，马上就要被撤并了，他们的中学也要跟随着并到邻近的另一个镇去，接下来他们就要到更远的地方去上学了。

　　听说顾老师这次就不和学生们一起去另一个镇的中学了，他要留在这个学校。就这样，同学们就此和顾老师分开了，后来再未相见。

十寸头

打头的那个个子不高，
头发很短，
留了个小寸头，
蜡黄的圆脸上突兀地生出两颗小眼睛，
像是一片黄土地上掉落的两颗黑煤球，
生得如此随性自然。
他穿着一件破旧的背心，
一条棕色的军用板带稀松地束在腰间，
带扣坠过肚脐，
如果没有胯骨的拖挂，
裤子仿佛马上就会掉落下来。

　　暑假过后，刘跃龙就要到三十里远的新学校上学去了，对此他期盼了整个假期。新的环境让他充满好奇，他期盼着结识更多的新朋友，见识到更多的新鲜事物，同时他又可以见到张志国那帮朋友们了。

　　三十里远的山路，已不再适合走读跑校，学校也意识到了这点，早早就做好了准备。

　　开学当天，刘跃龙他们这些新生们骑着自行车，捎上行李，从十里八乡赶往新的学校。一路上，五颜六色的铺盖卷像一个个花布口袋，被五花大绑在自行车的后座上，七扭八歪的，看上去很委屈的样子。看到的人不免会有种感同身受的拘谨，总要下意识地抖抖身子，祈祷自己千万别像自行车后座上的那些倒霉的行李。

一路上，总会有个别学生停下车子立在路旁，重新收拾着他的大口袋。这时路过的个别坏家伙便会发出不太友好的怪笑，然后一阵猛蹬，便加速跑了。

　　进入校园，同学们并未感到太多陌生，这里和原来的学校并无明显区别，同样是一排排红砖青瓦的平房，绿色油漆涂装的木质门窗，一条不宽的水泥甬道串联着各个区域。新生们首先被引导到了宿舍区，每个人的房间都已经提前安排好了。宿舍是学校专门腾出来的，原来是校园东侧的两排教室，一直闲置着，现在派上了用场。第一排归男生使用，第二排留给女生。每间宿舍都很大，床从整排房的东墙到西墙，除去过道，整个房间被一张大通铺塞得满满登登的。这张大床和农家的土炕很像。

　　刘跃龙和梁德志刚一进入宿舍，就被眼前这巨大的通铺木板床惊呆了，他们从未见过如此之大的床铺，简直可以在上面骑车了。他们傻傻地站在门口，完全没有注意到此时房间的最里侧还站着一个人，腋下夹着铺盖卷，正望着床铺不知所措呢。

　　"张志国?"梁德志试探着叫道。"嗯!"分不清张志国是被吓了一跳发出的声音，还是有意的回答。他快速转过头来，看到了两个好朋友。

三人望着眼前的大床相视一笑，随后便一起将身上的铺盖扔了上去。他们选了床铺内侧三个相连的位置，安顿了下来。

紧接着，三人一起来到了食堂，他们要为接下来一周的吃饭问题做好准备，几个人都盘算着换了一周所需的饭票。刘跃龙经过精心计算，换了七元五角，这已经是他能换的最高限度了，他看过食堂菜价，是够用的。他留下两元五角准备明天到校外的小商店买点儿洗漱用品，这样就能彻底安顿下来了。

紧张忙碌的一天过去了，同学们早早地挤在了大通铺上，有人已经累得不行很快便睡着了，有的还在强睁着眼睛饶有兴致地听别人聊天，一些人更是在为是否要马上熄灯不停争论着。

当的一声，宿舍门被突然踢开了，门扇在不停地来回颤抖着，从门外鱼贯着涌进来五六个十七八岁的陌生人。打头的那个个子不高，头发很短，留了个小寸头，蜡黄的圆脸上突兀地生出两颗小眼睛，像是一片黄土地上掉落的两颗黑煤球，生得如此随性自然。他穿着一件破旧的背心，一条棕色的军用板带稀松地束在腰间，带扣坠过肚脐，如果没有胯骨的拖挂，裤子仿佛马上就会掉落下来。他的脚下跂着一双崭新的黄底胶鞋，趿着脚，一手插兜。小板寸身后的几个人也稀松拉胯得很。

为首的小板寸用那两颗黑煤球般的眼睛在宿舍里仔仔细细地搜寻了个遍，然后恶狠狠地说道："你们都给我听好了，今天我们初次见面，就算是认识了，以后就是朋友了。""朋友"两字的话音未落，小板寸突然停止了他的训话，向左右望了望，像是自己也不太相信自己刚刚脱口而出的话。见到身边的手下直点头，他仿佛有了底气，又继续说："你们别害怕，我嘛，最近手头有点儿紧，你们这些朋友还不赞助点儿，给个见面礼？到时候我再还给你们。"

宿舍里一片寂静，同学们谁也不吭声，谁也不敢大声出气，大家似乎都被小板寸刚刚的流氓气势镇住了，宿舍里静得令人窒息。大家心里都明白——这不就是要钱吗？这种事，在那个年代不少见，社会上的一些无业青年为非作歹，以此为乐。

看着学生们默不作声，无一人反抗，小板寸知道他的第一步成功了，他刚刚那一番开场白已经制服了眼前这些孩子。他便厉声叫道："你们不主动，我可要自己动手了。"小板寸向左右一使眼色，他身后那几个跟班的心领神会，蜂拥着迅速冲到大床前，开始挨个搜查学生们的衣兜。

趁着混乱，刘跃龙将自己的裤子向脚下的方向踹了踹，用被子的下沿盖了起来，他想要保住自己仅有的那点儿钱。但几个家伙像是受过专业训练似的，十几个学生的衣兜不到两分钟就被搜了个遍。为首的小板寸接过搜出的几十元钱，带队匆匆离开了学生宿舍。

那伙人走后，不知是谁悄悄地插上了宿舍门，关了灯。在这之前，同学们谁也没料到，刚刚入学的第一天竟会发生如此遭遇。漆黑的宿舍里静悄悄的，一点儿声响都没有，同学们谁也睡不着了。

躺在床上翻来覆去的张志国实在忍不住了，他对着刘跃龙小声问道："唉，你的钱都被抢走了吧？"

"嗯，我就那两块五毛钱，都被拿走了。"刘跃龙无可奈何地小声回答。

"梁德志，你呢?"

"我也是全部被抢走了，不过只有一块多钱。"

"等着!"张志国狠狠地撂下一句话。

第二天，谁也没再提起昨晚宿舍里发生的事，谁也不好意思提起，尤其对男生来说，怎么说也不是光彩的事。事情似乎就这样过去了。

周末终于到了，同学们都骑上自行车回家去了，他们此次回去最重要的一件事，便是要去向家里讨要下一周的伙食费了，接下来的每个周末都将如此。

经过一整个周末的休息，在家长的一再催促下，星期天下午，孩子们又不得不返校了。

刘跃龙和梁德志两人约好了结伴而行，他们一起出发了。两个要好的朋友平日里无话不说，无事不讲，只要他们在一起总是热闹的。可是今天，一路上两人都默默不语，车子骑得也很慢，就连突然从他们身边轰鸣而过的拖拉机也没能引起他们的兴致。这要是在以前，他们早就会像打了鸡血似的，一路疯狂地追赶。

今天他们显然都有心事，或许他们都在盘算着，怎样平安地度过今晚，怎样可以避免手上这点儿伙食费遭遇不测。

上次被劫之后，他们就盘算着各种对策，虽然不多，但也要靠它熬过整整一周的时间呢。当时，家家都不富裕，每个人的伙食费基本都是家里能够提供的最高限度了，哪家父母不想让自己的孩子吃得好一些呢？可是他们哪里想得到，就是这可怜的一点儿伙食费还被一些坏家伙惦记着。这给住校的孩子们带来了不小的烦恼，这是他们这些孩子刚刚接触社会首次遇到的麻烦，也是他们要去处理的第一个棘手的难题。家长们哪里知道，他们的孩子赖在家里迟迟不返校，是遇到了棘手的难题，并不是贪图那点儿所谓的享受和安逸，拖沓是孩子们面对棘手困难的无奈之举。

其实，孩子们也想出了一些对策，刘跃龙就借口学校伙食不合口味，让妈妈做了一些烙饼作为干粮带上，这样就可以少拿一些伙食费，风险也就降低了许多。

"唉，刘跃龙，一会儿怎么办？"梁德志一边骑车，一边无奈地问道。

刘跃龙扭过头，心领神会，他停顿了片刻，然后说道："我也想不出什么好办法，我们要不就躲一躲！"

"躲，怎么躲？我们怎么着也得上学，总不能逃学吧？"梁德志面带疑惑继续问道。

"我们只能想办法暂时避避风头，那帮家伙如果想找我们，多半会来宿舍，要不我们就先不回宿舍。"刘跃龙这个主意早就想好了，对他们来说这是目前最好的办法了。

"那我们能去哪儿呢？"

"我觉得，人多的地方最安全，开阔的场所最保险。我们就在村子里转悠好了。"刘跃龙信心满满的，如获至宝，他的脸上出现了一丝淡淡的笑容。

两人来到学校，悄悄将自行车藏好，故意没有放到宿舍区的停放处，就连宿舍都没敢去看上一眼，就偷偷溜出了学校。

刘跃龙和梁德志两人在学校所在的村子里逛了很久很久，太阳早就下了山，月亮也升了起来，此时他们已是筋疲力尽。他们要回去了，要回他们宿舍了，总不能一直在外面游荡着。

　　两人走在乡间的胡同里，路的两侧是石头与黄泥砌成的各家各户的围墙，这样的景象是多么熟悉呀，充满着各种美好的回忆。这里的围墙和胡同与他们自己村子里的简直没什么两样，就连石头的种类也相差无几。在他们的村子里，这样的石墙他们最熟悉不过了，每个石墙的洞隙里都有可能是他们藏宝的秘密地点。可是现在，就在眼前，望着这些似乎熟悉的场景，两个人怎么也感受不到一点儿亲切。

　　此时，头顶的那轮圆月爬得更高了，瀑布般的银色月光倾泻而下，洒满村庄，照亮了村子的每个角落，整个村子像是穿上了一件银色的罩衣。在这夏末的夜晚，整个村子显得亮堂堂的。

　　两人漫步在村中的胡同里，月光形影不离，你走它也走，你停它也停，月光在静静地与他们同行。刘跃龙抬起头，让那静静的月光洒在脸上，他多么想和它说上几句，聊上一通，他好想问问今晚的月光为何如此温暖。他摇了摇头，对自己笑了笑，他知道这静静的月光将会一直跟着他们，直到他们安全。此时，刘跃龙想他的老师了，他想秦薇老师了，也想他原来的学校。

两人不知不觉中回到了学校，他们一下子就清醒起来，全然忘记了与他们一起回来的静静的月光。他们悄悄地摸进了校门，向着宿舍方向溜去。

"来，来，快，快点儿，没人，一个人都没有！"梁德志压低声音向身后的刘跃龙喊着。

两人沿着校园院墙内侧的那排白杨树，绕到宿舍门前，轻轻打开门锁，溜进了宿舍。在简单收拾之后，两人便四脚朝天地躺在大通铺上休息。窗上的树影带着月光一起溜进了房间，宿舍里静悄悄的。

"唉，梁德志，你说都这个点了，咱们同学怎么还都没来呀？"刘跃龙侧过身轻声问道。

"哎，估计他们和我俩一样，也在想办法暂避风头呢，这会儿应该还在什么地方闲逛呢。"梁德志回答道。

"噢，这样呀。如果那帮家伙现在来，咱俩该怎么办呀？"刘跃龙又开始担心起来。

"没办法，要不我们还去村里躲一躲吧？"

"天呀，这总不是个长久之计吧！什么时候是个头呀！"刘跃龙无奈地抱怨着，继续说道，"不行，今天实在是太累了，骑了这么远的路，又走了这么久。唉，你看这样行不行，要不咱俩从外面把宿舍门锁上，再跳窗户进来，把插销一别，灯一关，我们就可以踏踏实实躲着了。"

"好，好，这个办法好！"梁德志赞不绝口。

事不宜迟，两人迅速行动，很快就都搞定了，他俩这下子可以安心休息了。

此时，宿舍死一般寂静，偶尔从宿舍门前的几棵大杨树上传来几声乌鸦的叫声。

"你听，有人！"梁德志机警地飞身坐了起来。

"嘘——"刘跃龙快速竖起食指放在嘴边，示意不要出声。

刺啦刺啦的脚步声伴着含糊不清的话音，正在向宿舍方向逼近。刘跃龙已猜到一定是上次那帮坏家伙。因为这独特的脚步声明显是那种黄色橡胶硬底鞋发出的，而且还是趿拉着鞋的穿法发出来的。黄色橡胶硬底鞋在当下最流行，价格不菲，舍得奢侈地趿拉着穿的人，也就只有那些看似财大气粗的家伙了，这也成了这一带不良少年的标准穿法。

橡胶鞋底与砂石的摩擦声越来越大，越来越近，越来越清晰。刘跃龙、梁德志两人紧张地提心揪肺，一动不动，生怕发出任何声响。此刻，两人似乎同时将目光投向了对方，两双眼睛迅速交换完信息后，二人便几乎同时翻身出溜到地上，然后迅速爬进了漆黑的床下。

"门锁着呢，怎么没人？这帮小崽子都跑哪儿去了？"窗外传来恶狠狠的骂声。

趴在床下的刘跃龙、梁德志，双手紧紧攥住床腿，将身体完全贴在宿舍的水泥地上，尽量保持静止不动，似乎他们的呼吸也都暂停了。

"走了，走了！我们改天再来。"随后，只听得窗外的脚步声越来越小，越来越远。

这时，床下两人快要蹦出的心才慢慢落回肚子，他们的口袋有惊无险，今天算是保住了！他们心想：明天一定要和老师反映一下这件事。

十二

梁德志

"唉，刘跃龙，等等，把这个穿上。"
梁德志一边说，
一边顺手从他的被窝里掏出一件衣服，
扔向刘跃龙，
接着说道，
"这是我妈给你的!"

对于校园里尤其是男生宿舍区晚上的治安环境，学校采取了一定的相应措施，增加了巡逻人员，效果显著，最近男生宿舍区平静了许多。门前的那排大杨树，也早被自西而来的秋风剃了个精光，只剩下一条条粗壮的枝干摇曳着，互诉衷肠，嘘寒问暖。

到了夜里，便有了冬的味道，深夜的寒风抓住空中仅有的那点儿湿气，将它们死死地按在地上，压成薄薄的冰霜，清晨的大地上便披了一层浅白色的薄纱，就此一切鲜绿也就消失殆尽了。

这时，就到了添衣加裳的时候了。其实，这些并不用孩子们操心，妈妈们都特别懂得时令，她们像是上了闹钟一样，节气到了一切也就都准备好了。

周末返校，刘跃龙带了一个厚厚的包裹回来，里面是妈妈亲手缝制的白里黑面的棉袄。棉袄是在他去年穿的那件基础上重新加工的，白色的衬里和黑色的面儿洗得干干净净，里面又加了些新棉花。虽是翻新工艺，却一点儿也不将就，去年的老棉花被弹得柔软蓬松，和新棉花一起一层一层絮成了衣服的形状；衬里的白棉布用白线缝，青黑色面儿用黑线缝，里外针脚大小匀称，排列整齐，像是用尺子量过似的，棉袄的长短大小就更不用说了，十分合身。

这种手工棉服不宜外穿，一般要在外面套上外套，不然一个冬天熬不过，就会脏得难以收拾。

刘跃龙将包裹规规矩矩地放在床铺的脚下靠墙的位置。现在这个时候，棉衣还不急于穿上，他知道一旦穿上就不敢脱下了，享受惯了温暖的身体是不答应的。以他的经验，他还要再扛一段时间，因为整个冬天就这一件棉衣，没有替换的，要一直坚持穿到春暖花开。

刘跃龙放好包裹，倒退着下床，不经意间他的手臂压到了旁边梁德志床铺上的一个大包裹，包裹一下子就瘪了下去，着实吓了他一跳。他生怕弄坏了好朋友的东西，整个身子下意识地向另一侧倒去，翻滚到了张志国的床上。他坐起身来，看着刚刚被自己压扁的那个包裹又恢复了原样。刘跃龙顿时心生疑惑，到底是什么东西如此柔软又有弹性。

晚饭过后，刘跃龙约梁德志陪他一起到校外小商店去买牙膏，他的前天就用完了，不能再拖下去了，为了牙膏他还挨了白眼，现在想起来还耿耿于怀呢。

前天晚上，晚自习回来，大家都忙着在宿舍外的公共洗漱池洗脸刷牙。刘跃龙准备去洗漱时，突然发现自己的牙膏用完了，就向身旁的陈朝旭说道："朝旭，借你牙膏用一下。"

陈朝旭抬起头来，疑惑地瞟了刘跃龙一眼说道："不行，不借，牙膏哪儿有借的！"

刘跃龙站在原地半天没醒过神来，此时的陈朝旭早已出门洗漱去了。刘跃龙揣摩着陈朝旭刚刚的那番话，他怎么也无法理解，他不明白牙膏怎么就不能借了呢？他们的交情怎么也抵得上一整管牙膏吧，陈朝旭也不是小气之人啊。刘跃龙无奈地自我宽慰着：唉，不管他了，不借就不借吧，人家肯定有人家的道理。

出门前，梁德志回过头来向刘跃龙提醒道："我们穿上棉袄吧，现在晚上有点儿冷了，还要走一段路呢，别冻感冒了。"

"算了吧，过几天再穿吧，现在还扛得住。"刘跃龙回答道。

"我可不扛了，我要先暖和暖和了。"于是，梁德志爬上床，取出了他的棉衣。

看着梁德志身上披着的深蓝色棉衣，刘跃龙这才恍然大悟，原来之前他触碰到的那个软绵绵的包裹里装的是棉衣。

"你看什么呢?"梁德志问道。

"哦，没什么，没什么!"刘跃龙愣了神，他正想着梁德志的棉衣为何如此柔软呢。

"这，这是新式棉袄，叫'羽绒服'，里面不是棉花的，可轻便了，还很暖和。"梁德志指着自己的上衣向刘跃龙解释。

"走，走，我们走吧。"刘跃龙催促着，故意岔开话题。他左手下意识地拉了拉自己同侧的衣襟。

　　清晨，一场初雪抹白了整个校园，冬天真的来了，学生们都穿上了厚厚的棉衣，穿梭于皑皑白雪间。他们双臂合抱，怀里揣着书本，他们缩着脖颈，用嘴不停地哈着双手，踮起脚尖向教室跑去。一个个活动的精灵打破了冬雪统治下的寂静，使这个僻静的山村一隅多了几分生机与活力，此时的校园真美呀！

　　晚饭后，同学们陆陆续续去了教室，晚自习很快就要开始了，宿舍里只剩下几个懒惰的家伙，他们还在贪婪地享受着被窝里的温暖。直到最后，实在绷不住的学生只好恋恋不舍地爬出被窝，向教室走去。

　　"唉，刘跃龙，等等，把这个穿上。"梁德志一边说，一边顺手从他的被窝里掏出一件衣服，扔向刘跃龙，接着说道，"这是我妈给你的！"

　　刘跃龙双手下意识地抬起，接住了正向他飞过来的一团蓝色。啊，原来是件羽绒服，和梁德志穿的那件一模一样，握在手里和几周前摸到的那一样柔软，只是现在，他觉得这件的分量似乎很重很重，压得他双手都快撑不住了，他的眼里转起了暖暖的泪花。

　　"快，快，快穿上，我们得赶紧去自习了，要不该迟到了。"梁德志催促着。

"哦，哦！"刘跃龙这才回过神来。

"这，这，这个我不能要。"刘跃龙对着梁德志说道，显然有些犹豫，同时双手还慢慢地向外送了一下。

"好吧，好吧，你不要我就拿回家去。来，给我。"梁德志笑着说道，同时伸出手来，手心朝上。

刘跃龙一改刚才的激动严肃，嬉皮笑脸地说道："唉，还是先穿一次吧！"他那托着蓝色羽绒服的双手已早早地收了回去。

十二

冬

二冬是这届一班的学生，本村人。

他个子中等，身体微胖，

粗粗的脖子上顶了颗硕大的脑袋，

皮肤倒是白皙，比这里一般的女生都白。

他是学校里出了名的"厉害"主，

有点儿浑不怕，

听说他有个哥哥在村里也是个厉害人，

所以二冬在学校里走起路来总是摇摇晃晃的，

像个招摇过市的大冬瓜。

冬天来了，山村更静了，刘跃龙他们也渐渐地适应了新学校的生活，学校里一片宁静与祥和。学生和老师们都在为来年夏季的中考努力拼搏着，一天中的所有事都围绕着学习展开，整个学校都处在紧张而有序的忙碌之中。

刘跃龙、梁德志和张志国几个要好的同学，每天起床后，除了偶尔到操场上活动一下，跑跑步，绝大多数时间都泡在教室里，现在他们已经彻底没时间打篮球了。最令人欣慰的是张志国，他也能像朋友们一样，每天晚上按时坐在教室里安静地自习，已不再是那个喜欢恶作剧的家伙了，他似乎一下子长大了，对以前的那些小儿科完全失去了兴趣。

为了更有针对性地备考，学校在初三年级进行了一次中考模拟测试，结果令人振奋，新合并来的刘跃龙他们那几个班整体成绩还不错。刘跃龙、楚思燕两人进入了全年级前十名，张志国、陈朝旭、二聊、梁德志几人的成绩也还说得过去。照这样下去，他们都有机会考上理想的学校。

这样的成绩，不得不让学校对这批新合并上来的学生另眼相看，现在，就连"土著"班级里的学生们也似乎变得和气了许多，各班同学之间的交往越来越频繁。

最近，一班有个叫二冬的学生经常来找张志国玩儿，有时晚上也要到宿舍来找他，甚至整个晚上就赖在学生宿舍不回去了，看样子两人很投缘。

宿舍里，刘跃龙撞见二冬多会主动笑一笑，打声招呼，便很快就会转身走开。他知道这个家伙和自己不是一路人，不可能有更多的交往，更不会产生什么交情。尽管如此，这样一来二去的，宿舍里的很多人和二冬都认识了。

二冬是这届一班的学生，本村人。他个子中等，身体微胖，粗粗的脖子上顶了颗硕大的脑袋，皮肤倒是白皙，比这里一般的女生都白。他是学校里出了名的"厉害"主，有点儿浑不怕，听说他有个哥哥在村里也是个厉害人，所以二冬在学校里走起路来总是摇摇晃晃的，像个招摇过市的大冬瓜。

二冬和目前整个初三年级学生的状态极为不协调，最不合时宜的时候总能见到他的身影，除了上课时间外，他都是在学校里闲逛着。他每天来到学校似乎并不是为了学习，而只是为了来证明一下自己还是个中学生而已。

晚饭过后，刘跃龙、梁德志和张志国几个人正准备去上晚自习，宿舍门突然被一下子撞开了。大家吓了一大跳，刘跃龙下意识地摸了摸自己的裤兜，他以为之前的那个小板寸又来了。首先摇摇晃晃走进来的人是二冬，后面还跟着几个大家不太熟悉的人，几人吵吵闹闹的像回自己家似的横冲直撞地就进来了。

"哎，张志国，你们干什么去？"看到手里拿着书本迎面站着的张志国，二冬明知故问。

"我们去上会儿自习。"张志国抬起头看着二冬略带羞涩地答道。

"上什么自习呀，就你这样的，别去了，反正哪儿也考不上！"二冬毫无顾忌地脱口而出。

张志国苦笑着再也没说什么，手里的书本被攥得咯咯响。

"行了，行了，别在那儿傻站着。今天别去了，别去了，我们一起打会儿牌，就在你这儿。"二冬的语气很强硬，带有强烈的威慑和命令的口气。

张志国依然站在原地，一言不发，他陷入了沉思，宿舍里已经有了明显的火药味。张志国抬起头向他的好朋友刘跃龙看去，眼神里充满了无奈和委屈。看样子他是要妥协了，只有这样才能避免更多的麻烦，才能让他的好朋友们有更多的时间和空间来学习。

看着张志国的眼神，刘跃龙心里很复杂，他是第一次在张志国的眼里看到无奈，同时这种无奈中透着无法言表的委屈。刘跃龙心里很难受，他知道张志国的内心更是煎熬。张志国最近像变了个人，他对学习已经非常地投入了，每天都能看到他的进步。刘跃龙更知道，如果现在生硬地驳了二冬的面子，这个晚上谁都不会好过。

刘跃龙心想，这个难题不能让张志国一人承担，他们应该一起想办法解决。于是，刘跃龙故作镇静地向二冬跟前迈了半步，尴尬地笑着说道："冬……冬……冬哥，这个点儿了，今天也玩不了多长时间，要不咱们周末晚上再玩吧！"

刘跃龙之所以敢于插话，为张志国解围，一方面他觉得他应该帮张志国，他们是好朋友，应该说是最要好的朋友，另一方面刘跃龙刚刚快速地在脑子里做了分析评估，他觉得自己现在出面解围，风险应该还是可控的，按照以往他和二冬的交往，他判断二冬对自己这种人一般不会做出太出格的事。二冬这种人也有他的原则，他从来不找女生和学习成绩好的人的麻烦，他们知道这样可能会惊动学校，得不偿失。

"去，去，学你的习去！"二冬虽然有些不高兴，但还算克制。

"刘跃龙，你和梁德志先去，我一会儿过去。"张志国向刘跃龙示意让他们先走。

教室里，同学们都在奋笔疾书，温暖的橙黄色灯光下，一派安静祥和。刘跃龙在座位上，一直担心着他的朋友张志国，同时又在不断说服自己，别管他了赶紧学习吧，张志国现在一定正和二冬他们开心地打着牌呢。可他无论如何也静不下心来，总是心神不定的，他打开的数学书没有翻动一页，准备做的练习题一道也没解出来，他的心思完全不在教室里。

第一节自习课终于结束了，刘跃龙快速向宿舍跑去，他要看看张志国现在到底在干什么。

推开宿舍门，房间里异常安静，里面只有张志国一人，他正闷头躺在被窝里呢。

"嘿，志国，怎么就你一个人了，他们都走了？别偷懒了，走吧，还有一节自习课呢，上一会儿去吧。"刘跃龙对闷在被窝里的张志国说道。

"咳，咳，"张志国清了清嗓子，头一直捂在被窝里，他从被窝里说道，"你赶紧去吧，我今天先不去了。"

"走吧，走吧，你一个人在这儿也没劲。"刘跃龙劝说着，随后便拉开了张志国头上的被子。映入眼帘的一幕，吓得刘跃龙猛地向后仰了仰，张志国的眼角和嘴角都肿了，伤口依稀可见。

"你，你这是怎么了，这是怎么回事?"刘跃龙关切地询问着，快要哭出了声。

说是询问，其实他都明白，他心里其实已经有了答案。也许只有这样的交流才最为恰当，才能让双方都不至于太过尴尬。

"你去吧，我没事，让我自己待一会儿。"张志国有些不耐烦了。

"那你好好的，我把门从外面给你锁上吧?"刘跃龙说道。

"不用了。"

接下来的一周时间，二冬他们再也没来学生宿舍，张志国每天都是按时按点去上课，晚上按时按点去自习。可是，他的情绪却非常低落，整个人总是闷闷不乐的，一整天下来也说不上几句话，更谈不上和大家交流了。

终于又到了周末，同学们都急着收拾着自己的物品，做着离校准备，可是张志国还在宿舍里慢吞吞地磨蹭着，等宿舍里的人都走光了，他还在收拾东西。这完全不是他的风格，以前第一个冲出宿舍的一定是他。

"嘿，快点儿收拾吧，我们可以一起走一程呢，看我今天的车速能不能追上你!"刘跃龙故意找话和张志国开玩笑。

张志国抬起头看了看刘跃龙，欲言又止，默默地低下了头。

"没事，没事! 你慢慢收拾，我等你。"刘跃龙有些不好意思。

张志国若有所思地慢慢放下手中正在收拾的物品，一屁股坐在了床沿，低下了头，有气无力的，像霜打的茄子似的，没了筋骨。

"唉，我不想念了。"张志国慢吞吞地挤出这样一句话来。

"什么? 不念了，这可不行。过完年很快就要中考了，有什么事过不去呢? 你到底怎么了，有什么事我们可以一起扛。"刘跃龙急切地追问着。

"我实在受不了这个气了，反正我学习也不好，还不如早点出去闯一闯呢。"张志国低着头说道。

　　"你看，之前我们不是也在一直忍着吗，现在看来，事情不也就这样过去了。你再等一等，什么事都会过去的。"刘跃龙有些激动，眼圈发红，话音一直是颤抖的。他知道好朋友受了委屈，他也理解张志国这段时间的心情，他知道以他的性格是无法承受眼前这样的欺辱的。两位好朋友再也没说什么，他们站起身相拥在一起。

　　后来，张志国真的就没有再来学校，听说他后来去参军了。

十四

肖老师

肖老师个子高高的，
一对倔强的八字胡和一头坚硬的黑发相呼应，
一副数学家的面孔不苟言笑，
以至于他的学生们从来不敢和他开玩笑，
也不敢主动靠近。
他的课堂永远是一板一眼，
就像是数学推演一样，
从来不会有任何差池。

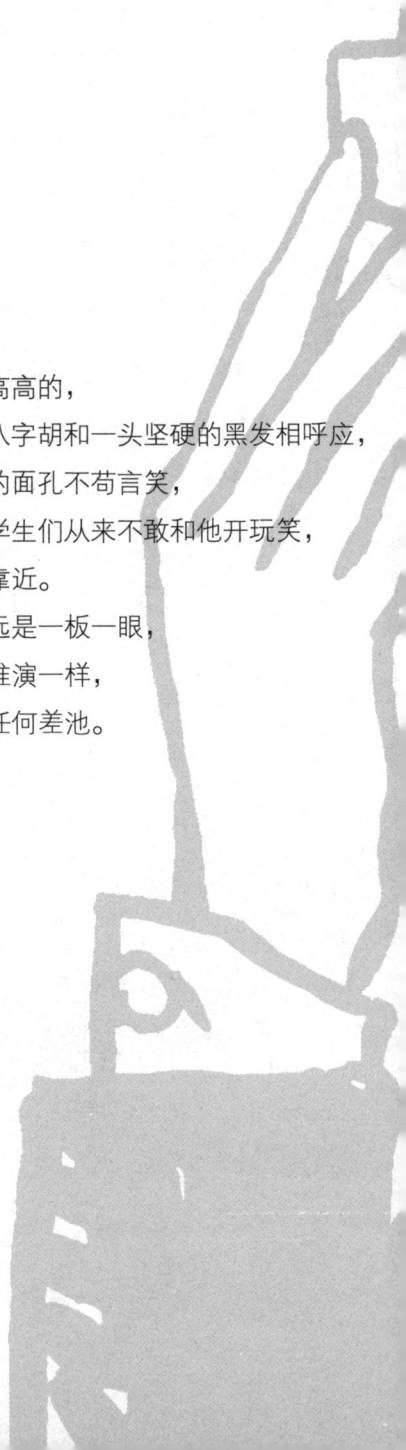

张志国走后，整个学校似乎又平静了许多，尤其是男生宿舍区毫无生气。

得知张志国退学的消息，二冬也很少来男生宿舍了。

张志国的离开对刘跃龙触动很大，他一下子觉得自己不仅仅是没了依靠，更多的是自己接下来的路也不知道该怎么走了。他承受着巨大压力，变得沉默寡言，就连与他要好的朋友梁德志的交流也变得少之又少，最近一段时间他总是一个人在学校里逛来逛去。

张志国的辍学引起了学校的注意，听说最近学校要为学生宿舍区安排一名宿管员。学校之所以在这个时间点紧急配备宿管人员，充分说明他们已经了解到一些情况，也知道了其中的严重性。

要来的这名宿管员，同学们都认识，也很熟悉，他正是和这批住校生一起从原来学校来的肖老师。肖老师以前是他们初二时的数学老师。

　　肖老师个子高高的，一对倔强的八字胡和一头坚硬的黑发相呼应，一副数学家的面孔不苟言笑，以至于他的学生们从来不敢和他开玩笑，也不敢主动靠近。他的课堂永远是一板一眼，就像是数学推演一样，从来不会有任何差池。所以，大多数同学和他的关系也就不远不近，恭恭敬敬。

　　尽管现在宿管员肖老师还没有来，但就是这样的一条消息已经让同学们感到了火一般的温暖，他们感激肖老师和作出这项决定的学校。

　　可是，自从学校公布配置宿管员的消息后，学生们却从未见肖老师来过宿舍区，甚至连形式上的见面和视察也没有，更别提嘘寒问暖了。孩子们的希望似乎又破灭了，他们中的有些人泄了气，甚至开始埋怨。

　　牢骚归牢骚，不过说来也怪，最近整个宿舍区的气氛明显轻松了许多。

　　这天，宿舍里依然早早就熄了灯，大家都准备睡觉了。梁德志却没有一点儿睡意，他侧过身来捅了捅刘跃龙，小声说道："哎，我最近发现一件怪事。"

"什么怪事，神秘兮兮的。"刘跃龙说道。

"最近，你有没有感觉到，咱们屋外东墙边一到晚上总有动静？"

"动静，什么动静？我没太注意，最近太累了，哪有精力管那么多。"

"告诉你，昨天晚上熄灯后，大约十点半的样子，我看到咱们窗外靠近东院墙的位置，好像有人在走动，当时吓得我在被窝里一点儿都不敢动，更不敢吱声，生怕惊到那个人影。"梁德志咽了口唾沫，继续说，"你猜，那人是谁？"

"这怎么猜，是女鬼吧？"刘跃龙开着玩笑，应付着梁德志。

"去你的，怎么没正经的。我敢肯定那个身影一定是肖老师，看个头准没错。"梁德志说道。

"真的吗，你确信？"刘跃龙激动地坐起来，凑过身子说道，"我说呢，最近怎么这么消停。看来，肖老师不是不管我们，他这是在暗中保护着我们呢，他简直就是独行大侠。"

至此之后，宿舍区彻底安静了，学生们都全身心地投入到紧张的复习中去了。

不久之后，大家听说学校接连开除了二冬及和他整天混在一起的几个不务正业、严重违反校规的学生。

现在，刘跃龙一想起他的同学张志国，心里就隐隐作痛，他一直在想，如果张志国能再坚持一下该有多好呀，那样他就能等到宿管员肖老师的到来了。

十五

校长

"不是故意弄坏的，那是不小心弄坏的了？"
校长有些得意，
脸上露出了笑意。
看样子，一切尽在校长的掌握之中，
再不实事求是就会陷入更大的被动。

　　学校的宿舍区彻底恢复了平静，学生们都全身心地投入到紧张的学习中，各科老师也都抓得很紧，他们都想让孩子们在最后的阶段再冲一冲。同学们被各种复习作业包围着，每天都在应付着各种习题和测试，只有晚自习后回到宿舍这段时间，他们才能放松下来。

　　宿舍里，刘跃龙他们为丰富生活设计了许多娱乐项目。最近一段时间，他们正在集体练习武术，搞起了鲤鱼打挺比赛。谁也不知道是谁起的头，比赛就在不知不觉中慢慢形成了，这或许与最近流行的武打影片有关。

　　鲤鱼打挺可不那么容易，以至于每天晚自习后，大家都在加紧练习，宿舍里的大通铺上每天都挤满了人，这是他们练习的最佳场所。

这天晚自习后，男同学们都一窝蜂地冲回了宿舍，性子急的就直接蹿上床铺，占据有利地形，开始练习起鲤鱼打挺。一下子，十几个大小伙子在床上翻滚着，折腾了起来，横七竖八地占满了整个大通铺。其他人也没闲着，在地上为他们不断地叫好。

"厉害，厉害！"随着一声声喊叫，梁德志一骨碌翻身下了床，他左手拍着胸脯叫喊着，"怎么样，怎么样，我可以吧！"梁德志成功了，他是第一个做成功的。

紧接着又一位同学翻身上床加入翻滚练习的行列，床铺上的练习愈加热烈，练习进入新的高潮。

"咔吧，咔吧"一连几声响，还没等地上的人喊出声来，咣当一声，整个床铺就从中间塌陷了下去，床上的几位同学也随着跌跌撞撞地滚到了塌陷处的大坑里。地上的同学都开怀大笑起来，整个宿舍热闹非凡，这里还从来没有这么热闹过呢。

等所有人都爬下床来，一阵欢笑热闹之后，大家不得不面对眼前的现实，该如何收拾这个残局呢？有人建议大家齐心协力马上进行修理，将床铺重新搭起来。可是正撅着屁股在床下观察的人叫道："不行了，中间的床梁断了，已经搭不回去了。"

眼下是没有什么好办法了，大家经过商量，一致同意将床铺的所有支架统统撤掉，将床板平铺在地面临时打地铺了。床铺降低了将近一米，伸手就能触碰到水泥地面，而且上床也方便了很多，每个人都觉得很新鲜。就这样男生宿舍改变了面貌。

一段时间后，大家开始觉察出地铺的弊端，最主要的是离地面太近，地下的潮气开始侵入被褥。大家都觉得将床铺恢复成原样是当务之急。

可是，修理这样的大通铺，对这些还是孩子的学生们来说，是非常困难的，他们确实无能为力。这时，他们想到了向学校求助。经过商量，大家一致同意派一名代表去向学校求助，结果陈朝旭作为特别代表被大家推举了出来。

这天下午，陈朝旭硬着头皮来到学校总务处，如实反映了宿舍的现状，希望学校能够给予帮助。结果令人意外，陈朝旭不但没能求来帮助，反而还被老师狠狠地批了一顿，于是他只得灰头土脸地回来了。

陈朝旭带回总务处老师的原话："谁弄坏的谁来修，不行就一直睡地上。"

大家都很气愤，他们觉得如果自己能修还找学校干什么，但是谁也不提床铺倒塌的原因，大家都在责怪总务处老师不通人情。

事情僵在了那里，光埋怨也不是个办法，问题还是要解决，唯一的出路只能是向更高级别的领导反映了，大家决定找校长谈谈，这是个大胆的想法。

经过反复商量和谋划，大家一致决定由刘跃龙和梁德志作为代表去找校长进行谈判。对于大家的集体决定，刘跃龙一副极不情愿的样子，嘴里不停地嘀咕着。可是他的行为马上就出卖了他刚刚的一切不情愿。他很快将宿舍里的人召集起来，集思广益，商议着谈判的各种事项和预案，他是一个不打无准备之仗的人，做任何事他都要心中有数。

第二天下午放学后，刘跃龙、梁德志两人没有回宿舍，径直去了教师办公区。

此时，校长办公室的门正虚掩着，两人在门外迟疑了片刻，相互看了对方一眼，鼓足了勇气，作出了决定。刘跃龙向前一步敲响了校长的门。

"谁呀，来，进来。"里面传出一位中年男人的声音，非常浑厚。

"你们是哪个班的，有事吗？"没等刘跃龙他们开口，校长问道。

"校长，我们是初三年级四班的。"梁德志回答道。

"哦，你们有事吗？"

"是的，校长。我们是想向您报告，我们宿舍的床铺塌了，现在没办法睡觉了，想请学校给修修。"刘跃龙陈述着他们的诉求。

"你们的床铺都是新做的呀，这个我知道，应该很结实的。这些木材还是本村大队支援我们学校的呢。"

"是新的，可是现在它坏了。"刘跃龙镇定自若地说。

"坏了？你们不是在上面淘气了吧？"校长的语气很坚定。

"没有，没有，真的没有。"两个人异口同声地回答。

"好了，你们回去吧，我知道了，到时我问问。"

"校长，您说的到时，是什么时候呀？我们现在真的没办法睡觉了，很多同学都生了病，而且我们现在睡不好，学习都受了很大影响呢，我们可是特别想为学校争光考出好成绩的。"刘跃龙可不想就这样被校长三句两句打发了，他一直追问着。

"嘿，小子，你这是在给我讲条件威胁我呢，是吧?"校长抬起头来再次看了看刘跃龙。

"嘿嘿，没，没有，校长。我们是在请求，我们怎么敢威胁您呢。是您给了我们温暖的房间，给了我们安稳的学习环境，您就开开恩再给我们一个舒适的床铺呗。"刘跃龙和校长耍起了贫嘴。

"你小子，叫什么?"

"报告校长，初三年级四班刘跃龙向您报到。"刘跃龙一边回答，一边一本正经地给校长敬了个礼。

"好了，你们回去吧，我答应你们。"

几天时间过去了，宿舍区仍然没有任何动静，也未见学校有要修理床铺的任何迹象，学生们都怨声载道。刘跃龙、梁德志两人知道没有完成任务，在室友面前丢了面子，他们感到很是惭愧。没等大家说什么，他们再次来到了校长办公室。

"你们怎么又来了？"校长见到刘跃龙两人问道。

"您不是说要过问我们床铺的事吗？怎么这么长时间了，还没有人管？"刘跃龙的话语带着些怨气。

"我询问了总务处，他们说是你们故意弄坏床铺的，你们就是想睡在地上，现在不是正合你们的心意吗？"校长很认真地说。

"校长，总务处说谎，床铺不是我们故意弄坏的。"梁德志补充道。

"不是故意弄坏的，那是不小心弄坏的了？"校长有些得意，脸上露出了笑意。

看样子，一切尽在校长的掌握之中，再不实事求是就会陷入更大的被动。

于是，刘跃龙将他们为了调节紧张的学习生活而进行武术练习的事一五一十地说给了校长听。

几天后，学生们收到了实话实说的福利，他们的床铺恢复了原貌。

十六

赵老师

这时，他灵机一动，大声喊道：

"如果你们好好听讲，

谁学好了化学，考出好成绩，我就请他吃肉饼。"

赵老师喊得铿锵有力，

节奏感很强，

"考出好成绩"

这句话他似乎故意压低了声音，

"我就请他吃肉饼"却异常响亮。

化学

　　临近年底，大地披上了一层厚厚的积雪，天气越来越冷，学生们的体育活动也少了很多，可奇怪的是活动虽少反而更容易饿了。但他们的伙食费和以往并无两样，他们每周都在算计着怎样坚持到周末。

　　食堂的学生窗口都是大锅炖菜，菜品也就是豆腐、土豆和白菜等，里面偶尔会出现一两片肉，至于能够落到谁的碗里，那得靠运气了。教职工窗口除了每天有小炒外，每周还会有一次喷香的肉饼。每次肉饼一出锅，那馋人的香味便会迅速充满整个食堂，就像故意气人似的，一个劲儿地往人的鼻孔里钻。此时，排队打饭的学生们捻捻手中的饭票，又不得不假装鼻子失灵，重新回到属于他们自己的白菜豆腐的现实里。

这天上午第三节课，化学课赵老师迈着方步走进了教室，他将书本放在讲台上，继续踱着步开始了他的授课。

"这节课，我们来复习分子这节内容。大家还记得吗，我们讲过分子是什么呢？分子是构成多数物质并保持其属性的基本单位，对不对？那么许多分子组合在一起就构成了物质。然而分子并不是死的，它是会运动的，它在我们肉眼看不到的范围内不停运动，有时它还会从物质中分离出来。"赵老师停顿了片刻，让大家发动脑筋和他一起回忆。然后他又继续讲道："我们来举个例子，比如，每周三我们在食堂里都会闻到肉饼的香味儿，那么这个空气中的肉饼味儿就是由许多飘动的肉饼分子构成的，它们从肉饼上脱离开跑到了空气中，被我们的鼻腔捕捉到，并感知。其实肉饼并没有飘到我们跟前，我们是通过逃逸的肉饼分子感知到肉饼的存在的。"

听到肉饼飘了起来，学生们实在是受不了了，大家开始交头接耳，讨论起有关肉饼的问题。赵老师满脸笑容，洋洋得意，他正在为自己的引导式教学方法沾沾自喜，他一下子更精神了，步子迈得更方了。

学生们讨论得越来越热烈，教室里越发热闹起来。很快，赵老师就意识到情况不妙，他发现事态有些不对劲儿，整个场面并非他想象的那样。眼看讨论越来越热烈，话题越来越开放，就是和"分子"没半点儿关系，同学们抓住肉饼这个话题不放，似乎非要在课堂上弄上一锅肉饼实验才肯作罢。

眼看课堂秩序要失控，赵老师高声喊道："大家静一静，静一静，我们继续上课。"赵老师喊话的效果并不好，学生们的讨论声依然此起彼伏。这时，他灵机一动，大声喊道："如果你们好好听讲，谁学好了化学，考出好成绩，我就请他吃肉饼。"赵老师喊得铿锵有力，节奏感很强，"考出好成绩"这句话他似乎故意压低了声音，"我就请他吃肉饼"却异常响亮。赵老师这话很好使，同学们的交头接耳马上就结束了，教室里一下子安静了下来，大家将注意力都集中到了赵老师身上，接下来的半节化学课在肉饼的诱惑下很顺利地完成了。

下课铃声响起的瞬间，化学赵老师草草地结束了课程，抄起讲义仓皇地逃离了教室。面对如此一幕，同学们半天才回过味儿来，他们隐约之中产生了某种不祥的预感，也许他们上当受骗了。天真的孩子们以为课后一顿香喷喷的肉饼很快就会出现在他们面前。可是，赵老师的仓皇逃离，让他们感觉到了希望的渺茫，他们只得自我嘲笑、自我安慰了。

接下来是语文课，意气风发的小个子秦薇老师接管了课堂。她比赵老师年轻许多，个子虽差不多一样高，但看起来要比赵老师亲切许多。她的身上没有一丝赵老师那个年纪人的老练甚至油滑，给人更多的是亲近感，所以同学们在她身上找回了些许安慰。

今天秦薇老师异常得意，非常兴奋，她手里抓着一份试卷，始终不肯松开，像是宝贝一样紧紧抓在手里，不时地在讲台上挥舞着。这可不是她的风格，更不像她的一贯作风，之前的她对各种应试教学和测试总是嗤之以鼻，从不放在眼里。

是呀，或许中考临近，秦薇老师一样明白，她的学生们她的孩子们谁都无法逃离试卷的检验，谁都得经历一份份试卷的考验，都得靠一份份试卷的积累，换取满意的成绩，只有这样才有机会走出这里，走向更远。

所以，最近她想了各种办法，托了各种门路，终于弄到了一套市重点中学的中考模拟试卷。为了学生们能考出好成绩，她完全抛弃了自己的所谓风格，像是护雏的老母鸡，为了鸡崽们可以不顾一切，哪怕是自己看重的所谓形象。

下午的第三节自习课归了数学课杜老师。秦薇老师之所以没有争抢，说来也不奇怪，因为中午在食堂里众目睽睽之下，杜老师端着刚刚打好的肉饼，一直站在秦薇老师身旁，笑容可亲，不停地说着什么，像是下属毕恭毕敬地汇报工作似的，看样子他是说了不少好话的。刘跃龙和梁德志目睹了这一切，不过他们关注的重点却都在杜老师左手端着的肉饼上。刘跃龙目不转睛地盯着肉饼，心里想着、盼着，要是能有像电视里那样的桥段该多好呀，他和杜老师两人不期而遇，不经意间撞到一起，肉饼神不知鬼不觉地跑到他的碗里，对方却毫无知觉。

市重点中学的中考模拟试卷确实厉害，以数学这一门为例，从填空到选择，再到最后的解答和证明，只一张试卷就包含了极为丰富的考点。而且试题的难度超过刘跃龙他们之前所有的复习题，不过在杜老师的带领下，他们还能勉强应付得来。

整整一节课，杜老师带领同学们将秦薇老师带来的试卷从头到尾做了一遍，看样子杜老师上课前是做了功课的，对试卷中题目的解法讲解得还算比较清晰。不过，整张试卷的最后两道大题，杜老师从始至终就没有提过，像是有意避之。同学们谁也没有说什么，刘跃龙心里却有些疑惑，他能感觉到杜老师对这份试卷还算熟悉，他不可能不知道最后两道大题对于考出好成绩的意义，没有理由不去关注。

临近下课，杜老师还是丝毫不提最后两道大题。刘跃龙将疑惑的眼神投向杜老师，始终不肯离去。杜老师似乎察觉到了刘跃龙的用意，于是他果断地宣布了下课，并要求刘跃龙课后到他办公室去一趟。

刘跃龙有些慌神，心里惴惴不安，猜测着杜老师要对自己做什么的各种可能。为了保险起见，他决定拉上梁德志一起去见杜老师。于是，他找到梁德志说道："一会儿，你和我一起去杜老师那儿吧。"

"我不去，我去他那儿干什么？他又没有叫我！"梁德志斩钉截铁地回绝了，他似乎感觉到杜老师叫刘跃龙去不是什么好事。

"去吧，去吧！陪我一起去吧，估计杜老师是要给我们开小灶儿。"刘跃龙故弄玄虚地说。

"别扯了，开小灶儿，也是给你一个人开，我才不去呢。"

经过一番死磨硬泡，梁德志终究答应了刘跃龙。

"报告！"刘跃龙站在杜老师办公室门外喊道。

"进来，进来。"听声音就知道是杜老师，声音里透着和蔼。

两人相互拉扯着，一前一后进了杜老师办公室。

"来，来来，快坐，快坐。"杜老师从他的写字台前站起身，招呼着两位学生。

刘跃龙一边坐下，一边瞟了一眼杜老师的写字台，刚刚课上的那张试卷正躺在桌面上，旁边饭盒里还趴着两张肉饼，很明显杜老师一直在研究试卷，连午饭也没顾上吃。说来也怪，此时两个人的鼻子像是同时失灵了似的，谁也没有闻出房间里肉饼的味道。

"老……老师，您找我有什么事吗?"刘跃龙试探着问道，问完便低下了头。

"也没什么重要事儿，就是刚刚快下课时看你一直看我，我想你一定有话想对我说，可能觉得在班里又不方便，所以我就叫你来了。"

"不是，杜老师! 我没事呀，我真的没事。"刘跃龙说。

"不可能! 没事儿，你用那个眼神儿看我?"

"不是，不是，我就是觉得您为什么不讲试卷的最后两道题，感觉很奇怪。"刘跃龙解释道。

"嗨，这事呀! 我是故意留着不讲的，就是想来考考你们两个。"

"我去，这简直是信口开河，满嘴跑火车呀!"刘跃龙心里嘀咕着，却不敢说出声。

"来来，来，我来帮着你们俩，咱们一起来做做这两道题。"杜老师客气地招呼着两个学生。

这时，两人似乎明白了杜老师的把戏。于是，刘跃龙故作镇静，摸摸自己的肚子，然后一边望着写字台上的肉饼，一边说道："杜老师，我们还没吃饭呢，等我们去食堂吃完饭再来找您吧。"

"急什么！那两个肉饼是你们的了，不过得做出这两道题才行！"

于是，三人都像是吃了饱饱的一顿肉饼似的，精神饱满地投入到解题中去了。

十七

杜老师

因为中午在食堂里众目睽睽之下，
杜老师端着刚刚打好的肉饼，
一直站在秦薇老师身旁，
笑容可亲，
不停地说着什么，
像是下属毕恭毕敬地汇报工作似的，
看样子他是说了不少好话的。

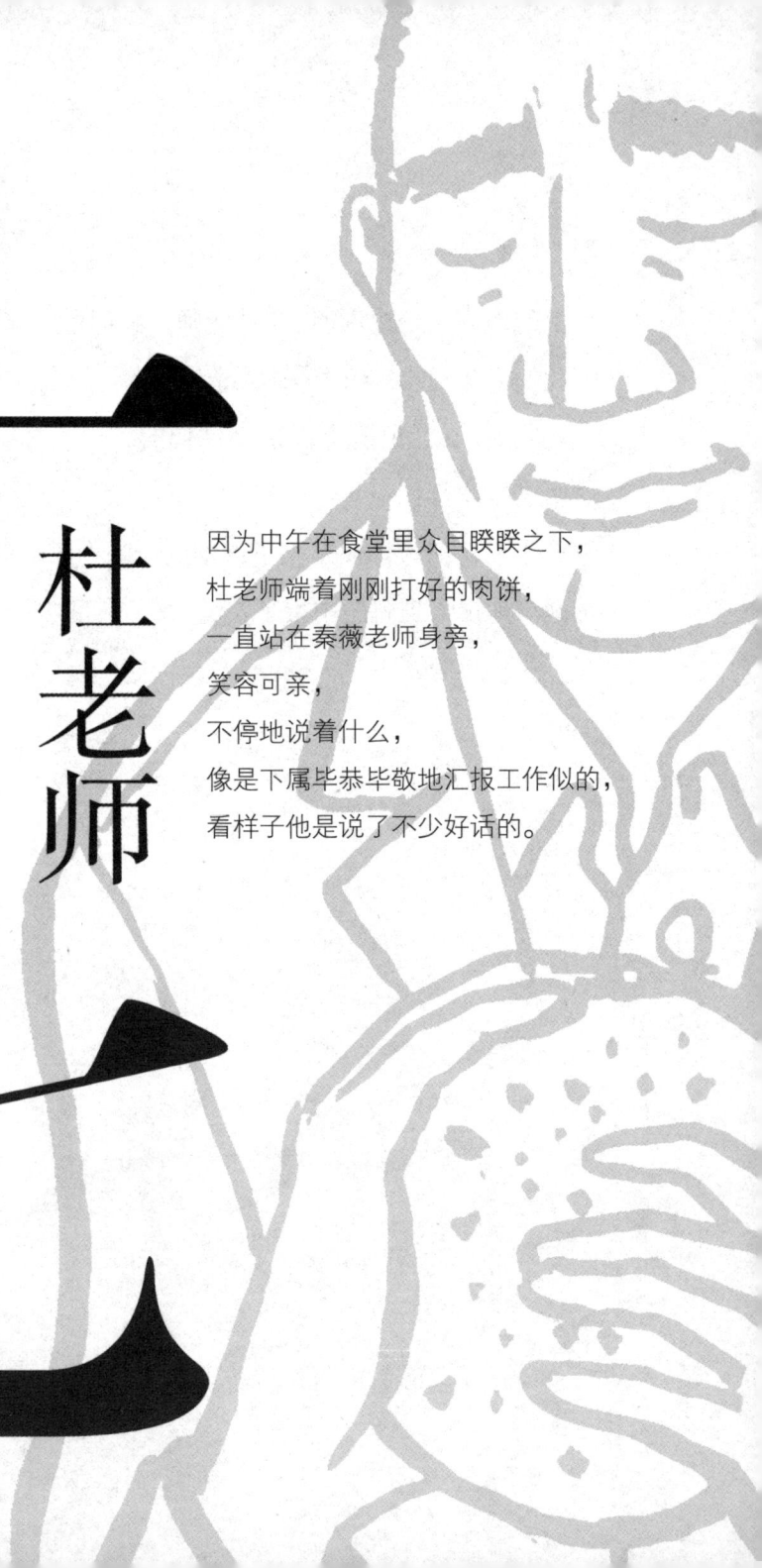

　　两道数学题换来了一人一张大肉饼，这个买卖太划算了。于是，刘跃龙二人有事没事就往杜老师的办公室跑，而且常常是在周三的时间。让同学们不解的是他们每次回来都是幸福满满的，像是刚刚串完亲戚回来的样子，洋洋得意。

　　对于最近刘跃龙、梁德志两人的神出鬼没，二聊很好奇，他太想弄清其中的缘由了，于是便盯起了他们的梢。

　　在一个周三的下午，二聊终于解开了心中的疑惑。与此同时，在杜老师的倡议下，四班的数学学习小组也成立了。在肉饼的激励下，四班同学们的学习热情更高了，兴趣更浓了，杜老师每周也不得不付出几张肉饼的代价。数学学习小组的成立，让杜老师觉得很划算，他不用再为个别难题苦思冥想了，也不用想方设法调动大家的学习积极性了，学生们的成绩眼看着在提高。

后来，肉饼事件走漏了风声，让化学课赵老师很是愤愤不平。他常自言自语道，明明是自己发现的突破点，却怎么在数学科目上爆发了呢。

很快，初三年级的各科学习小组都成立了，各科老师也都不再急着回家了，他们和同学们一起研究着各种复习题。

时间过得很快，转眼就要中考了，大家反而轻松了下来，复习也没有之前紧张了，大家谈论更多的是考试当天吃什么，怎样来补补脑子。

虽然在偏远的乡镇，滋补的理念却从不缺少，各种滋补品各式各样。条件好的家庭，这时就要勒紧裤腰带，咬牙买上一两盒城里孩子吃的"忘不了"，中等家庭充足的麦乳精供应定是必然的。

刘跃龙从来不信这些，而且他的家庭也不允许他信这些。对于考试他是胸有成竹的，他坚信自己一定会考上理想的学校。做父母的可不敢真的怠慢，他们都在尽自己的最大努力，提供最好最优质的条件。

临近考试的最后几天，学校放假了，同学们都回家复习，做着各种考试准备。刘跃龙妈妈换着花样做各种好吃的，可是再怎么做也跑不出家里条件的圈圈，和往常其实也没有什么太大区别。

这天中午，刘跃龙爸爸兴高采烈地跑回了家，手里拎着三条大鱼，嘴里不停地喊着："快看，快看，营养品来了！"

"你这是从哪里买的，这是什么鱼？"刘跃龙妈妈疑惑地问道。

"这叫胖头鱼，专门补脑子的！"刘跃龙爸爸很自豪地说。

"你哪来的钱买鱼？"刘跃龙妈妈继续问着。

"这鱼你可买不到，你什么时候见过这里有卖的？"

"也是，那是哪来的？"

"我炸的，在黄巉根炸的。"

那是村子里水最深的地方，多年来村里有个传统，孩子们谁都不敢去那里游泳。因为那里水深，还淹死过人呢。传说在那里游泳，水底会有水鬼拽脚丫子的。所以，那里很少有人打扰，包括捕鱼的人。本来村里的溪水里是不产胖头鱼的，这鱼是来自上游的水库。山镇里一到夏季，经常发洪水，上游的水库就会及时放水，所以黄嶂根就存下了这种胖头鱼。也不知道刘跃龙爸爸是怎么知道的，反正今天他拿回了据说最具补脑功能的胖头鱼。

"你用什么炸的?"刘跃龙妈妈追问着。

"你就别管了，赶紧炖上吧!"刘跃龙爸爸催促着。

"爸，爸，您说说吧，您是怎么炸的?"刘跃龙从屋里跑出来问道。

"你就别管了，赶紧复习去。"

可刘跃龙依然不肯放过这个问题。刘跃龙爸爸实在拗不过儿子，其实在这个节骨眼儿上他更不想要什么父亲的权威。于是，他就将如何从矿山借来雷管，如何炸的鱼，详细地给儿子讲了一遍。

或许，真的是那三条胖头鱼起了作用，刘跃龙在中考中考了全校第五名的好成绩，并被第一志愿——县师范学校录取了。

同时，考上这所学校的还有他的同学楚思燕。